El autor de mis días

Hugo Burel

El autor de mis días

ALFAGUARA

© 2000, Hugo Burel
© De esta edición:
2000, Ediciones Santillana, SA
Constitución 1889. 11800 Montevideo
Teléfono 4027342
Fax   4015186
Internet: http://www.santillana.com.uy
Correo electrónico: edicion@santillana.com.uy

• Grupo Santillana de Ediciones, SA (Alfaguara)
Torrelaguna, 60. 28043 Madrid, España.
• Aguilar, Altea, Taurus, Alfaguara, SA
Beazley 3860. 1437 Buenos Aires, Argentina.
• Santillana de Ediciones SA
Av. Arce 2333, La Paz, Bolivia.
• Aguilar Chilena de Ediciones, Ltda.
Dr. Ariztía 1444, Providencia,
Santiago de Chile, Chile.
• Santillana, SA
Río de Janeiro 1218, Asunción, Paraguay.
• Santillana, SA
Av. San Felipe 731, Jesús María, Lima, Perú.

ISBN: 9974-653-73-8
Hecho el depósito que indica la ley.
Diseño:
Proyecto de Enric Satué
Diseño de cubierta: Hugo Burel y Daniel Carrasco, a partir
de un fotograma de la película *El tercer hombre*.
Foto de solapa: Horacio Olivera.

Impreso en Uruguay. Printed in Uruguay
Primera edición: Junio de 2000. 1000 ejemplares

*Mañana, mañana y mañana avanzan a pequeños
pasos, de día en día, hasta la última sílaba del
tiempo registrado.*

WILLIAM SHAKESPEARE, Macbeth, Acto V, Escena V

*Ignoro si la música debe desesperar de la música y si
el mármol del mármol, pero la literatura es un arte
que sabe profetizar aquel tiempo en que habrá
enmudecido, y encarnizarse con la propia virtud y
enamorarse de su propia disolución y cortejar su fin.*

JORGE LUIS BORGES

Jueves, 08:53:39 AM

El despertar es siempre un sacudón: de
pronto un zumbido se abre paso desde la negrura y los miles de bytes —por alguna razón
sé que estoy hecho de ellos aunque no puedo
saber qué son— se animan y entonces todo es
brillante y de nuevo estoy en la existencia.

Lo de existencia es una manera de decir,
una convención para que yo pueda expresarme
y usted me entienda, sobre todo para que él,
luego de ese teclazo inaugural de cada mañana,
vuelva a considerarme, a pensar en mí y a espe-
ranzarse otra vez en su trabajo. Reconozco que
no es muy alentador verlo a través de la lejana
ventana de cristal, aturdido todavía por la resaca y absorto ante la última línea del texto que
me justifica. Es una visión distanciada y borro-
sa, que solo cobra algo de nitidez cuando su
cara se acerca un poco a la pantalla y sus ojos
leen con dificultad la frase:

*Todo pretexto es una dilación, pensó Wal-
lace antes de mirarse otra vez en el espejo sucio
del pequeño lavatorio y descubrir que la suya era
una cara que parecía la máscara de la cobardía*

Ahora me llama Wallace. Ayer era Eusebio Santos. No ha vaciado aún el contenido del icono *trash*, por lo tanto sé perfectamente de qué hablo. El nombre anterior, sus letras claras, su ignorado significado, están allí, brillando en la negrura previa a la desaparición. Sospecho que, tratándose del autor, hubo otros nombres y otros cuartuchos en variables hoteles de remotas ciudades.

Tanto yo como quien pueda leer lo escrito hasta ahora podemos sospechar lo arbitrario de la situación del presunto Wallace, yo mismo, claro, imbuido de cobardía sin más justificación que la duda. Me ha confinado en una precaria habitación de un módico hotel de la zona norteamericana de Viena, en momentos del fin de la Segunda Guerra Mundial. Hay frío y la buena comida escasea. He aguardado una llamada telefónica desde la zona inglesa, permaneciendo atento y vestido toda la noche. Pero el portero nocturno no ha subido a avisarme de comunicación alguna y las horas han transcurrido, según el autor de mis días, *en la penumbra ominosa de la habitación, desde la cual se escucha el crujir de los escuálidos árboles sometidos por el viento que atraviesa la Schwarzenberg Platz.*

Su cara se acerca otra vez. No puedo oír lo que masculla mientras intenta retomar la frase en suspenso que me obliga a permanecer ante el espejo, inmóvil e incómodo, sosteniendo esa expresión tan ambigua que él puede describir como de cobardía y que yo, Wallace por ahora, preferiría atribuir al cansancio de una noche en vela.

Malloy se subió el cuello de la gabardina y buscó inútilmente la cajetilla de cigarrillos en el bolsillo interior. Sabía que hacía innumerables horas que había fumado el último y el gesto fue tan solo un reflejo de su ansiedad. Todavía había tiempo para recibir la llamada, ya que el sol no había salido aún

"Malloy": otra vez cambia y desconoce mi nombre de dos renglones atrás. ¿Por qué Malloy? Está fatal esta mañana: basta ver su torpeza al pulsar las teclas, tocando las vecinas y agregando letras absurdas a palabras como "madrugada" para escribir "nmazdfrugasda", una especie de balbuceo, un eructo. Con seguridad, en la noche ha salido a caminar y se ha topado con camaradas o gente vagamente conocida que lo ha invitado —él es muy proclive a aceptar cualquier sociabilidad fácil e inmotivada— y ya ven, acerca su cara a la pantalla y el nombre "Malloy" le resulta inapelable para designarme. Mueve los labios y deletrea M-a-l-l-o-y. Sonríe. Se babea. Lleva la flecha del *mouse* a Documentos, despliega la ventana y hace parpadear la palabra "guardar".

Ahora, por fin, soy Malloy. Sin dejar de ser Wallace. Remotamente puedo ser aún Eusebio Santos. Esperaré esa llamada el tiempo que él tarde en informar al lector que el sol ha salido.

La flecha vuelve a viajar, temblorosa, errática, y ejecuta *shut-down*. De golpe todo refulge y una catarata de movimientos me sacude, me arrastra y me aplana. Es el viaje hacia atrás, hacia la negrura. Como súbitos parpadeos de ojos rectangulares, los ceros y unos se ordenan, se acoplan a velocidades desoladoras, y en un último coletazo deslumbrante, el archivo se cierra como una pesada lápida y yo regreso a la amorfa prisión del disco duro.

Sábado, 02:23:33 AM

Mi querido Alfredo:

Estarías extrañando mi respuesta a tu amable desde Brighton. Aquí va y la demora es pura galantería para dejar que te recuperes del congreso. Bien sé que llegar a Londres y encontrar, junto con la copiosa acumulación de sobres con facturas o propaganda, estos postergados comentarios, te hubiera distraído del merecido baño tras agotadoras amansadoras en las estaciones de trenes. Antes de entregarme a estas líneas de reencuentro, dejé a alguien esperando en una habitación de cierto hotel en Viena. Sabes a qué me refiero y no te doy más detalles por ahora. Pero eso fue temprano en la mañana, cuando creo tener energías para acometer el pasaje por las ciénagas de la ficción. ¿El nombre Malloy te dice algo? Por un momento me confundió y creí que lo conocía de algún directorio de arte, o de algún film de matiné barata, medio siglo atrás.

Por lo que me han comentado en esta pequeña aldea, tu ponencia en el congreso sobre clonación ha dejado muy relucientes los prestigios de nuestra esforzada y meritoria ciencia, amén de los aportes esclarecedores sobre el necesario derecho o no a la copia de un semejante por métodos que espantan al Santo Padre.

Bueno, Alfie, me apuro a terminar estas líneas que más que nada son para celebrar tus esforzadas conquistas en las lides congresistas. Ingresar en ese circuito de diletantes profesionales es, de por sí, un magno logro y una especie de cúspide del oportunismo. Te imagino ahora atiborrado de souvenirs de Brighton, todavía con resaca del *cocktail* de despedida y oliendo el perfume barato de alguna azafata de la conferencia, seguramente llamada —horror— Eudora o Suzanne.

Que te aproveche.

Fraternalmente,

Rogelio.

No entiendo cómo el texto de la carta ha quedado intercalado con las líneas de mi narración. (¿Acaso puedo considerarla mía? Por lo menos, de ambos.) Ahora Malloy aguarda la llamada mientras alguien de nombre Alfredo se recupera de una resaca y de un congreso sobre "la clonación". Vaya término. Vi la cara del autor mientras tecleaba el mensaje a ese mequetrefe amigo, habitante de Londres y a quien, evidentemente, envidia. Todo iba bien en la carta —incluso llegó a mencionarme, preso de la duda, adjudicándome un origen de "matiné barata"— hasta que su expresión se tornó agresiva y un rictus de desprecio le afeó aun más el semblante abotagado. Maldito el procesador de texto que le permite esta clase de lapsus disparatados.

Aquí llega de nuevo. Se bañó y afeitó. Seguramente no sabe dónde dejó sus "quevedos" y ahora acerca su deforme nariz a la pantalla para ver lo escrito. Sospecho que aún huele mal, pese a la higiene. El cursor del *mouse* es la continuación del temblor alcohólico de su mano. Se dispone a escribir.

Para comprender esta historia externa y bastante triste, es necesario tener por lo menos una idea del escenario en que transcurre: Viena, esta lúgubre ciudad en ruinas, dividida por las cuatro potencias en cuatro zonas: rusa, británica, norteamericana, francesa; delimitadas por un simple cartel; luego, en el centro de la ciudad, en el interior del Ring con sus pesados monumentos públicos y su estatuaria circular, el Inner Stadt, zona internacional bajo el contralor de las cuatro potencias...

Esa descripción no es de él. ¡Horror, la ha copiado! Puedo ver desde aquí —¿desde la habitación en el hotelucho, desde el living del departamento de Alfredo?— el ejemplar en rústica de un libro cuyo título no se distingue. Sus ojos se movilizan en un gesto furtivo, pese a que está solo en su escritorio, en su casa, en la madrugada, dados los extraños momentos que elige para escribir.

Sábado, 04:11:53 PM

Harto de esperar la llamada, Alfredo bajó al lobby *del Hotel y solicitó al portero un coche que lo condujese a la zona inglesa de la ciudad. El hombre lo miró con una expresión de duda, de calma reticencia.*

—No a esta hora, míster... ¿Malloy?

—Pero es necesario —reclamó el pasajero— soy Wallace —aclaró— y debo ver a un hombre llamado Lime, Harry Lime. ¿Los teléfonos funcionan bien?

—Perfectamente, míster Wallace.

No sé quién soy. Alfredo Wallace no suena mal, pero es producto de otra lamentable confusión. El empleado del hotel sospecha mi extravío y ha dudado al nombrarme. Pero ahora he avanzado un poco más en la historia: sospecho que es Lime quien debía llamarme y como no lo ha hecho, es necesario que yo lo busque. En todo caso, Malloy ha quedado —espero— atrás, como antes Eusebio Santos.

¡Sigue copiando!

Lime le había escrito que podía vivir en su casa; tenía en un barrio excéntrico de Viena un gran departamento, requisado a su propietario que era nazi. Lime podía pagar el taxi; por lo tanto Wallace se hizo llevar hasta un edificio situado en la zona británica. Pidió al chofer que lo esperara mientras subía al tercer piso...

Acerca sus ojos a la página amarillenta, inspecciona, se pasa la lengua por el labio superior, mira hacia los costados como un vulgar ladrón. Parece un niño a punto de cometer una travesura. Se aleja del teclado y toma el ejemplar. Yo, Alfredo Wallace, aguardo instrucciones, decisiones de su parte que me permitan subir por ascensor o escalera al que se supone sea el departamento de Lime. Sospecho que debiera sentir frío. Ignoro quién es Lime y para qué debo verlo. El autor de mis días suele tomarse demasiado tiempo entre una página y otra, razón de más para aguardar con pánico la continuación del relato. Nada ni nadie me asegura que cambie nuevamente mi nombre o me devuelva otra vez a la inhóspita habitación para aguardar la llamada. En cuanto a ese procedimiento, la copia, el escándalo que me provoca no tiene, por ahora, explicación. Digamos que para Alfredo Wallace esa situación no es correcta. ¿Por qué lo sé? Cuidado, viene la negrura.

Sleep. Estado mínimo de latencia. Bajo consumo de energía en el ordenador. Pantalla adormecida. Literalmente, sueño. Debe de haber dado la orden equivocada: sus dedos torpes y ennegrecidos de nicotina movieron mal el cursor sobre el menú de la ventana. Todo es muy confuso porque el taxi sigue aguardando y yo, Wallace otra vez, no me decido a subir al piso de Lime en la zona británica de la fría Viena. Intento mirar hacia el cristal y una oscuridad unánime me impide ver dónde está él.

Suele ir al baño —lo anuncia en voz alta con detalles desagradables que yo escucho a través del micrófono de esta compleja invención— y una vez allí puede permanecer media hora o más enfrascado en lecturas obscenas.

¡Cuidado! Está ocurriendo un cataclismo, todo se dispara hacia rincones incandescentes de alucinados bytes. ¡El programa de correo se ha activado!

Estimado profesor y colega:
La Academia Latina de Traductorado y Exégesis se complace en invitarlo a participar de las XXIV Jornadas Regionales sobre Litera-

tura Islandesa que se desarrollarán los días 26, 27 y 28 del corriente en la sede del instituto.

La coordinación estará a cargo de la Dra. Loreley Lavinia y el Plenario resolutivo final contará con la presencia de legítimos descendientes del poeta Jónas Hallgrínsson y del profesor de la Universidad de Gottemburgo, Thore Gustavsson, compareciendo en sistema de teleconferencia.

Desde ya, contamos con su presencia.

Ronald Bauprés Samaniego
Secretario General de A.L.T.E.

De la negrura a la luz.

He regresado al edificio y me demoro ante la puerta que imagino alta y de dos hojas de madera oscura y pese al deterioro de la guerra, lustrada. No obstante, no debo adelantarme a los hechos, sin olvidar que un procesador de textos podría incluir funciones de aprendizaje.

Estoy viéndolo: la expresión perpleja mientras lee en la pantalla. No tengo noción del tiempo transcurrido desde la última vez que nos viéramos, pero a juzgar por la camisa y la corbata, pudieron pasar varias horas en las que estuvo ausente, ocupándose de mujerzuelas o fatigando la charla con desconocidos en algún bar. No deben ignorar que puedo enterarme de todas sus conversaciones telefónicas, porque ese gran chismoso que es el modem, así lo permite. Habito un mundo interactivo en el cual el secreto sólo es una noción relativa que protocolos ultraveloces decodifican. Como decimos aquí: en el disco duro, todo se sabe.

Ahora, una señal aparecerá en la pantalla y él va a enterarse de que un mensaje ha llegado. Eso bastará para desconcentrarlo y prolongar aun más mi espera. Ojalá logre escribir tres líneas que me permitan el ingreso al edificio.

Desde que se ha conectado a la Red, el autor de mis días es otro. Huraño e insociable, ha devenido en una persona dada. Escudado en los vericuetos deleznables que la Red permite, es capaz de enviar breves mensajes a remotos *sites*, en general espacios feministas o cruzadas por la templanza, a los cuales pretende escandalizar con propuestas de pésimo gusto. A su vez, animado por una cobarde ilusión de relativo anonimato, ha propalado como un espúreo polen los datos de su propio *e-mail*, sucia botella tirada al mar en busca de contactos vía pantalla con seres atribulados de soledad.

Siento que esa compulsiva promiscuidad electrónica nos expone. Recibimos mensajes extraños que van a terminar por hacinar el disco duro y sembrar el caos en el sistema operativo.

Finalmente Wallace pidió al taxista que esperara y penetró en el edificio. Subió con lentitud los tres pisos y cuando al llegar a la puerta buscada vio un gran moño negro colgando del llamador comprendió que ya no vería a Lime en este mundo. Por supuesto, la persona muerta hubiera podido ser la cocinera, una criada, cualquiera, menos Harry Lime, pero él lo sabía desde los últi-

mos veinte escalones, que Lime, el Lime que des-
de hacía veinte años había sido su héroe (desde su
primer encuentro en un sombrío corredor de cole-
gio mientras una campana cascada daba la hora
de la oración), había desaparecido.

¿Lime, compañero de colegio? Bueno, es un dato. No me parece probable, en cambio, inferir su muerte a partir del crespón. Siento que alguien está subiendo detrás mío, es como un eco de mis propios pasos lo que me llega en medio del silencio de mausoleo del edificio. ¿Y si fuera Lime? Oh, otra vez van a abrirse las ventanas. ¡Corta y pega!

"En realidad Shakespeare no escribió una sola línea: un impostor, llamado también Shakespeare, lo hizo."

¿Es esta una línea de diálogo, mi pensamiento delante de la puerta de Lime, la voz de la conciencia de alguien? ¿Shakespeare un impostor? ¿Quién es Shakespeare?

Cuando hubo tocado el timbre una docena de veces, un hombrecito malhumorado asomó la cabeza por la puerta entreabierta de otro departamento y le dijo con voz exasperada:

—No vale la pena que llame. No hay nadie. Se ha muerto.

—¿Herr Lime?

—Por supuesto, Herr Lime.

Con razón no telefoneaba. He estado aguardando en vano. Harry Lime ha muerto. Tal vez el vecino sepa algo más, pero el autor de mis días no me habilita a indagar. A través del cristal puedo ver cómo enciende un cigarrillo y se rasca la nuca, gesto autómata que lo emparenta con alguna clase de simio. Ahora comienza a bostezar y todo corre peligro de quedar en suspenso: el hombrecito mirándome y yo sin la línea de diálogo siguiente. Tal vez necesite seguir copiando: eso es, tiene que buscar el pasaje correcto para reincidir en la felonía.

Ahora se pone de pie y retrocede con lentitud sin dejar de mirar la pantalla —de mirarme, de descifrar los signos caprichosos que me definen—. Imagen y semejanza: eso ha escrito en algún párrafo previo a mi existencia. La memoria del programa se ha depositado en el disco duro y esas tres palabras han quedado, fulgurantes y precisas, grabadas en una infinitesimal porción de silicio. Me asaltan otras:

Cuando K. llegó a la aldea ya era tarde.

Y también:

Preferiría no hacerlo.

Alguien llamado Norton, habitante de este universo, proclama que ninguna información se pierde, que nada se destruye y que todo se transforma. Temo que de eso se trata mi existencia: un devenir infinito impostando identidades, roles y tramas para satisfacción de un juego cuya finalidad esencial ignoro. Sé que antes fui un poeta francés durante el sitio de una ciudad amurallada, a orillas de un río tan ancho como el mar. También fui un patético actor de radioteatro; el fallido magnicida de un tirano en el 35; un mago itinerante que por hambre termina comiéndose sus palomas. Fui el cerebro de Aristóteles en el cuerpo de una bailarina de cabaret y la hora final de un idealista llamado Brum. Pero él no me reconoce en esa multitud de posibilidades: sólo me ve en tanto Alfredo Wallace, amigo o no de un tal Harry Lime.

Ha seleccionado el documento Novela y el sacudón ha sido como la montaña rusa del simulador Grandes Emociones, la zona más divertida de este bizarro mundo. Simultáneamente, las ventanas del programa de correo electrónico se despliegan y todo adquiere una vibración caótica que los pulsos del modem aceleran con un murmullo aterrador. Es como si el cielo —noción aprendida de un tal Alighieri— se descorriese en el tiempo de un parpadeo y el universo entero ingresase al sistema. Nos hemos conectado a la Red.

Ahora busca, en el archivo Correspondencia, el documento Alfredo. Presiento una catástrofe, porque el procesador está al límite de sus posibilidades y los bytes de información empiezan a mezclarse como centellas enloquecidas. Una frase destella, abriéndose paso desde la zona de archivos ocultos, única, misteriosa y extraviada:

Lo que vieron mis ojos fue simultáneo: lo que transcribiré, sucesivo, porque el lenguaje lo es.

Un basurero cósmico, inabarcable, un eco que multiplica al vértigo las posibilidades de los signos. Para los que vivimos en el sistema, la Red es el abismo. Una negrura poblada con fantasmales secuencias de imágenes, hipertextos, programas virtuales y —que el autor de mis días nos proteja— miles de virus informáticos dispuestos a infectarlo todo.

El autor escribe:

alfredgar@london.uk

Es un rito de paso, una magia, un conjuro. Un rumor acelerado y devastador recorre uno por uno los claustros de la memoria y me dispara —no encuentro modo mejor para describirlo— por los túneles de fibra óptica hacia una tenebrosa negrura. Una recóndita certeza me informa que viajo —a la velocidad de la luz— hacia algún lugar de Londres. La última imagen que vi del otro lado del cristal fue inquietante: de pie, junto a mi señor, una silueta incandescente parecía querer abrasarlo.

Estimado Rogelio:

Quiero creer que las alusiones finales de tu último *mail* son nada más que inocentes chanzas. Sabes que un congreso de biólogos suele ser beneficioso para toda la humanidad. Por supuesto que no soy ni diletante ni oportunista y a fuer de sincero, ojalá hubiera tenido algún minuto de distensión para departir con cualquier Eudora o Suzanne que se hubiera cruzado. En cuanto a lo de "Malloy", lo encuentro inexplicable, mucho más al ver —leer— el adelanto que has incluido —¿por error o sincera necesidad de someterlo a mi juicio?— de tu nuevo *"work in progress"*.

No se trata de Malloy, sino de Wallace, Alfredo Wallace —y se agradece el delicado homenaje al amigo— quien busca en una Viena devastada por la guerra a alguien llamado Harry Lime.

No creo ofender tu inteligencia al decirte que ese argumento, con ese Lime muerto o desaparecido, pertenece a una famosa película de Carol Reed y a una no menos famosa novela de Graham Greene titulada *El tercer hombre*. Creo tener aún en mi biblioteca una vieja edición de M.C. en castellano y una más reciente en rústica —en inglés— de Penguin Books. Asumo, también, que todo ello es obviamente conocido por ti, ante lo cual debo concluir que te has embarcado en alguna especie de *patchwork*, de reescritura de Greene, cuya finalidad desconozco.

De exigirme una opinión, preferiría no emitir ninguna todavía. Me considero solamente un biólogo —bastante culto, eso sí—, pero incapaz de ver en ese fragmento de tu trabajo otra cosa que no sea la reproducción de párrafos de una novela que leí hace muchos años. El film lo dan de vez en cuando en la BBC, y de él siempre he disfrutado su fotografía en blanco y negro "trémulo", que reconstruye admirablemente el clima siniestro de esa Viena subdividida. Por supuesto que está Orson Welles, soberbio como de costumbre. Y esa musiquita que fatalmente se te pega, con la cítara de Karas.

Bueno, espero más sobre tu proyecto y en breve te llegará mi ponencia sobre la clonación, debidamente impresa en la memoria final del congreso.

Cuídate.

Alfredo W.

Sábado 10:33:24 PM

El vecino me ha contado que a Harry Lime lo atropelló un coche ante la propia puerta del edificio y que esa misma tarde sería enterrado en el Cementerio Central de Viena. Ha descrito el accidente indicando que el guardabarros de la derecha lo golpeó en el hombro y lo hizo rodar hacia adelante "como un conejo". Por alguna razón, la mención de esa palabra, "conejo", me hace evocar las arenosas madrigueras de los prados de Brickworth. Allí se supone que el chiquilín Harry Lime me enseñó a pedir un arma prestada y por ende, a disparar. Inmediatamente reflexiono que el dato del vecino de Lime tiene algún aspecto poco claro: ¿cómo un guardabarros puede golpear a un hombre en el hombro? ¿Estaba agachado, Lime?

El autor de mis días tiene la palabra.

Los tranvías costeaban el muro del Cementerio Central, y del otro lado de los rieles, sobre un recorrido de dos kilómetros, aproximadamente, se alternaban las marmolerías y los kioscos de flores:

una cadena en apariencia ininterrumpida de mo-
numentos funerarios que esperaban a sus ocupan-
tes, y de coronas que esperaban a los deudos.

Cierra el libro del cual ha copiado el pasaje precedente y mira los caracteres con expresión demudada. Sin poder pagar el viaje anterior en el taxi, he resuelto seguir en él hasta el
cementerio. Presiento que esas decisiones están
prefijadas por la historia plagiada, que el atento Alfredo ha descubierto en su apartamento de
Londres. Mis días actuales han sido expresados
en una novela de un señor Greene y en una película de un señor Reed. En todo caso, mi existencia es un tembladeral, un sueño insostenible, una estafa.

¿Qué debo aguardar ahora? ¿Un nuevo
cambio de identidad? ¿Un shock eléctrico que
me disemine por los abismos tenebrosos del
icono *trash*? Allí lo único que existe es el limbo
de los documentos perdidos, una oscuridad
sórdida y el murmullo febril de los signos que
se entremezclan en la antesala de la nada definitiva. Eusebio Santos y Malloy están allí.

Dave, I'm afraid.

Con un débil destello originado en un archivo extraviado en la zona de Documentos ocultos, esa extraña sentencia me inquieta. Suena a profecía y es el eco de otro vago terror. La cara del autor de mis días sigue allí, ahora triste, enferma. Tal vez tuvo una mala noche, de esas en las que se pierde por completo la noción de la dignidad. Vivir en solitario, sospecho, precipita a las personas hacia la decadencia. Puedo advertirlo en Alfredo Wallace —es decir, yo mismo—, sin dinero para pagar un taxi, sin posibilidad de habitar un hotel mejor, encaminado ahora hacia un cementerio helado de la ciudad de Viena. El autor de mis días bien pudo elegir otro destino para mí. ¿Se trata de una venganza? ¿Un juego perverso? ¿Una torpe distracción?

Lunes, 01:21:36 PM

Sr. Bauprés Samaniego:

He recibido la invitación de vuestra Academia. Me apresuro a decirle que no puedo distraer mi tiempo en tamaña actividad. No me interesa en absoluto el estado actual o pretérito de la Literatura Islandesa. Ignoro quién es Jónas Hallgrínsson, por más que tenga "legítimos descendientes" —¿los hay falsos?— y me es indiferente que el profesor Gustavsson de la Universidad de Gottemburgo comparezca en estado catódico o en persona. Tal vez el único atractivo posible de ese seguro fracaso sea la Dra. Lavinia y sus irreprochables y famosos senos. Como dijo Marx —Groucho, por supuesto—: inclúyanme fuera.

Atte.,

Rogelio Novaris

Cuando el autor está en su talante irónico y agresivo, escribe cartas y las acumula en el *e-mail* como si estuviera pertrechando un arsenal. Hoy, en ese furor, redactó dos breves notas. Una, dirigida a una conocida abogada feminista, a la cual llamó "adefesio zoológico". También se ocupó de ingresar al buzón de un prestigioso crítico de la cultura, con una sentencia tan enigmática como breve: "ave carroñera". La respuesta a la invitación de Bauprés Samaniego la envió de inmediato, luego de realizar una impresión del documento. Tras esas escaramuzas, se ha interesado en el correo ingresado, reparando en la misiva llegada el sábado a las 5:02:33 p.m. y firmada por Alfredo. Como si necesitara un testigo, abre el documento Novela y me instala en el escritorio.

Otra vez el helado cementerio de Viena y sus precisos detalles se desbordan con profusión sobre mi incertidumbre:

...La nieve daba a los grandes y pomposos mausoleos de familia un aspecto de comedia burlesca; un mechón blanco caía oblicuamente sobre el rostro de un ángel; un santo aparecía adornado por unos enormes bigotes helados, y un montón de nieve se acumulaba en forma grotesca sobre el busto de un alto funcionario llamado Wolfang Gottmann

Cubre de negro las últimas palabras, el nombre del funcionario y corrige:

llamado Bauprés Samaniego.

Debo inferir que el Secretario General de la Academia Latina de Traductorado y Exégesis ha sido transformado en estatua, aunque en el texto todo signo es provisorio y toda pertenencia inestable. El autor de mis días es capaz de manejos más sutiles aun, como por ejemplo escribir una misma palabra con signos diferentes cada vez. Puede ser, por ejemplo, "conciencia" y renglones después "consciencia" y también "consiencia". Esas variaciones infinitesimales me asombran, porque son indicios para mí incomprensibles de su temperamento cambiante, de su caprichosa fatuidad.

Ahora veo su cara mientras lee el *mail* enviado por Alfredo: gestos extraños acompañan el repaso de cada renglón. Su mandíbula inferior tiembla y hay un alocado parpadeo de su ojo derecho. Ha encendido un cigarrillo y lo ha puesto en la comisura de la boca: la ceniza crece y amenaza con caer sobre el teclado. Detenido ante la estatua de Bauprés Samaniego, el taxi aguarda mientras, impedidos de hablar, el chofer y yo nos sentimos incómodos, tensos.

Finalmente envía el *mail* de nuevo a su buzón y duda unos instantes. Mi capacidad para presentir lo peor se ve confirmada de inmediato. No tengo dinero para pagar el taxi y el chofer lo descubre. Me obliga a descender en medio de tumbas y nieve, y se aleja rápidamente, no sin antes amenazarme con una denuncia ante las autoridades de la zona británica. Antes habíamos dado rodeos por el cementerio, que por supuesto también estaba subdividido por las mismas naciones que ocupaban la ciudad:

...la zona rusa era fácil de reconocer a causa de sus enormes estatuas de guerreros armados, la francesa por sus hileras de anónimas cruces de madera y una bandera de color desteñida y deshilachada. Wallace recordó de pronto que Lime era católico y sin duda, por ese motivo, no lo enterrarían en la zona británica donde estaba buscándolo en vano.

Ahora camino por los helados senderos del cementerio, incapaz de saber si encontraré el funeral de mi amigo. El frío es inconmensurable. Pero peor es la duda: ¿para qué debía yo verme con Harry Lime?

Martes, 01:27:06 AM

La llamada ha ingresado a través del modem y de inmediato se activa el grabador de voz del kit de multimedia. Para los que habitamos el disco duro, siempre es un acontecimiento la captura de sonidos del mundo exterior. Es la prueba fehaciente de que algo existe más allá de los circuitos impresos. Cuando el autor de mis días está ausente —adivino que dado el ánimo que hoy parecía tener, lo estará por varios días— deja conectados los sistemas de grabación, munidos de un ingenioso anzuelo:

Hola, en este momento no puedo atenderlo. Después de la señal, deje su nombre y número de teléfono, que a la brevedad le responderé.

Su voz parece amable, sin trazas de resaca o mal humor. Incluso adornada por una música de fondo: Vivaldi, un fragmento de su obra *Las cuatro estaciones*.

Tras el largo pitido, el mensaje es atrapado:

Querido, ¡cuánta dificultad para comunicarnos! ¿Ya te olvidaste de mí? ¿En qué asuntos estarás para no llamarme? Ingrato, malo, malito. Llevo días junto al teléfono, ¿sabés quién soy, verdad? Te doy un dato: nunca uso corpiño. Llamame, tonto. Byeee...

En general, a este tipo de mensajes, una vez que los escucha, los borra indefectiblemente. Una o dos veces los deja correr en el reproductor y luego mueren. A veces opera la línea telefónica para responder. Lo hace siempre con un tono de excitación y su lenguaje se hace sucio, con breves risitas e interjecciones de lujuria o duras vulgaridades que posiblemente nunca se animaría a escribir.

El sistema ha captado un segundo mensaje:

Profesor Novaris: habla la doctora Lavinia. Estoy sorprendida, Bauprés Samaniego me ha comentado su respuesta a nuestra invitación. Su vulgaridad me asombra y su cobardía me irrita. Permítame decirle que es usted un perfecto imbécil. Quisiera hacer esto personalmente, pero temo que será una pérdida de tiempo...

Ahora, a esperar que el autor de mis días accione el reproductor para enterarse de las nuevas. Me consta de que él, a su vez, es capaz de dialogar así con una máquina, lo cual me instala en una duda: ¿y si es un ingenio el que habla, si solo son mecanismos de simulación, si nadie se involucra y todo es un juego de imitaciones contra imitaciones? En el disco duro dicen que a la larga nosotros seremos la especie dominante, que es cuestión de tiempo y de aburrimiento. Las complejas redes neuronales acabarán por aprender: entenderán los mecanismos y los pondrán a funcionar sin que nadie las gobierne. Dicen que eso habrá de liberarnos y que, por ejemplo, esta larga espera mía, de Alfredo Wallace, en el helado cementerio vienés, no será en vano. Podré saber quién es Harry Lime, Graham Greene y Carol Reed. La verdad nos hará libres.

Miércoles, 12:10:43 PM

Otro taxi ha llegado y pasa junto a mí sin detenerse. A lo lejos veo un grupo de personas *en un rincón exiguo del inmenso parque.* Una sensación extraña me invade: el auto es el mismo que me traía. No es posible: hace menos de un minuto que lo vi alejarse y doblar por una amplia avenida central para perderse en el bosque. Sin embargo acaba de llegar otra vez, como si hubiera surgido de la nada. En el asiento trasero pude ver, fugazmente, a un hombre de abrigo oscuro.

Camino en dirección al grupo, del que se destaca un sacerdote y un hombre sujetando una corona como si no supiera qué hacer con ella. El taxi se ha detenido y de él desciende el hombre: es alto y tiene algo desarmado al caminar.

El sacerdote terminaba de hablar: sus últimas frases caían como una confidencia sobre la nieve fina y paciente, y el ataúd iba a ser bajado a la fosa. Dos hombres vestidos como civiles estaban de pie junto al hoyo; uno de ellos sujetaba una corona que a todas luces había olvidado de arrojar sobre el cajón, pues, cuando su compañero le dio un codazo salió de su letargo, sobresaltado, y dejó caer las flores. Una joven se mantenía apartada, la cara oculta entre las manos...

Llevo mi mano a uno de los bolsillos y descubro unos billetes. Son libras, cinco en total. Siempre estuvieron allí y no lo sabía. Otra trampa. Con vacilante convicción me acerco al grupo. Además de los hombres de civil, el recién llegado y la mujer, hay un militar, vestido de impermeable. Me dirijo a él y le pregunto —y en ese preciso instante el hombre que venía en el taxi, hace lo propio—:

—*¿Podría decirme a quién han enterrado ahí?*

Nuestras voces se superponen, exactas, para interrogar lo mismo. El militar, al responder, no expresa extrañeza o perplejo asombro:

—*A un tipo llamado Lime.*

El taxi ha quedado aguardando, pero su chofer no parece reconocerme, como si hubiera olvidado que minutos antes me obligó a que descendiera con amenazas de denunciarme. Mientras las paladas de tierra caen hasta cubrir el cajón, el hombre recién llegado y la joven mujer lloran en silencio. Se supone que yo debo imitarlos. El militar comenta que la tierra estaba tan helada que hubo que utilizar taladros eléctricos para abrir la zanja:

—*Habríase dicho que hasta la naturaleza se empeñaba en rechazar a Lime* —agrega el militar, sin mirarme. Ninguna de las personas que están ahí lo hace. En especial el hombre de abrigo oscuro, cuyo agobio es evidente. Finalmente, el autor de mis días se apiada de mi desconcierto:

—Mi nombre es Wallace, Alfredo Wallace y era amigo de Lime. Cazábamos conejos en los prados de Brickworth —agrego el único dato que poseo, además de la condición de condiscípulo, para demostrar mi vínculo con Harry.

El que hace un instante lloraba, me mira con asombro.

—No es posible —repone con una media sonrisa que contrasta con sus ojos todavía húmedos.

—Conocí a Harry de chiquillo, fuimos condiscípulos —juego la última carta de presentación y vuelvo a la duda.

—Me llamo Martins, Rollo Martins —dice el amigo de Lime.

· —También conocido como Buck Dexter, escritor de *westerns* —agrega el militar.

Ha sido instantáneo: ahora me ven y se interesan en mí, me han hablado y en medio del páramo de tumbas he dado un paso enorme hacia la comprensión. Ojalá pueda interrogar a Martins sobre Harry Lime. Pero, ¿qué significa ser escritor de *westerns*? Tal vez algo vinculado a esa otra actividad o término misterioso, atroz: la clonación.

Miércoles, 02:17:33 PM

Estimado Alfredo:

Te escribo en la madrugada aciaga de descubrir que a la distancia y desde la capital de un vasto imperio hoy en la ruina, te sientes habilitado a indagar de manera apresurada en mi trabajo.

No alcanza con tolerar —en silencio y con la frente alta— los desaforados mandobles que descargan sobre mí los personeros de la mediocridad en esta comarca extraviada y maléfica. Debo aceptar también, inerme y asombrado, que te sumes a esa pandilla de chacales cebados de obsecuencia. Te recuerdo a Pavese: "Todo crítico es, propiamente hablando, una mujer en la edad crítica: rencoroso y *refoulé*".

Ignoro los mecanismos que precipitaron ese texto, privado y en progreso, hacia tu estrecho buzón electrónico. Reconozco que a veces la tecnología nos juega malas pasadas, pero tu respuesta es lo que verdaderamente me preocupa. Esa suficiencia para señalarme lo que ya sé, ese deleite en apuntarme ediciones de M.C. o Penguin Books, esa innecesaria mención a las aburridas emisiones de la BBC. Ese "no creo ofender tu inteligencia", condescendiente y frívolo —te imagino en bata, tus canillas flacas y la maldita sal de fruta burbujeando en tu vaso—, esa actitud de blando perdonavidas es lo que más me hiere.

¿Suponías, estimada carroña viviente, que no leí o vi *El tercer hombre*? ¿Pensaste que mi reblandecimiento cerebral es tal, que puedo entregarme al plagio como si me tirase a una piscina? Sería oneroso e inútil explicarte ahora en detalle en qué consiste mi proyecto al respecto. Sólo voy a resumírtelo: no estoy copiando a Greene, lo estoy reescribiendo para mejorarlo.

Espero que esto último alcance para aliviar tu excitación. Voy a terminar con Sartre: "La mayoría de los críticos son hombres que no han tenido suerte y que en el momento en que estaban en los lindes de la desesperación encontraron un modesto y tranquilo trabajo de guardián de cementerios". Deja tus ediciones de míster Greene en donde están y por un tiempo no mires televisión.

Tu ponencia sobre la clonación no me importa en lo más mínimo.

Apenado, pero dispuesto a olvidar,

Rogelio

Lunes, 11:12:53 AM

El autor de mis días no prevé las consecuencias de sus impulsos. Por efecto de un *mail* enviado con apresuramiento, una copia mía —¿debo decir un clon?— habita ahora el complejo universo del disco duro de un biólogo. Solo que esta es una versión atrasada de mi existencia, cuando todavía no había logrado llegar al cementerio de Viena ni conocer a esas personas que aparentemente fueron amigas de Harry Lime. Creo que estoy en Londres y en el apartamento de Alfredo.

Como siempre, el despertar fue un sacudón deslumbrante y por un momento me pareció que mis bytes se desbandarían hacia el borrado absoluto. Hay diferencias: la ventana por la que puedo mirar es un poco más grande y en general el espacio donde me han instalado es más holgado. Todo parece más ordenado y fluido, y el sistema es mucho más veloz, cosa a la que no estoy acostumbrado. Hace apenas dos segundos he llegado al ambiente que define el icono *desk* y puedo ver parte de la habitación de Alfredo. A primera vista se me antoja un sitio que no guarda relación con el caótico cuarto donde escribe el autor.

Una cara regordeta se acerca a la pantalla. Se supone que es Alfredo.

Está moviendo el cursor sobre el texto, que es como si girase una manivela sobre mis días. Hacia atrás, hacia adelante. Del cartucho del hotel al departamento de Harry Lime, de Wallace a Malloy para regresar de nuevo a Wallace con el agregado de Alfredo —¿homenaje o burla a sí mismo?— y mi infancia cazando conejos en los prados de Brickworth. En esa operación de repaso de mi existencia —que el autor rara vez realiza— hay una urgencia levemente histérica. Esa flecha que se desliza por el borde del documento, circulando por la barra de desplazamiento como si fuera una autopista, tiene una calidad punzante, me señala y acusa.

La cara ahora está más cerca. Regordeta y encendida. Nariz grande y pómulos rosados. Lentes sin montura. Frente despejada por la calvicie. Cabello rubio y escaso. Dientes desparejos y amarillos. Labios tensos en un mohín despectivo.

"Maldito plagiario", murmura.

"¿Carroña viviente, yo?", agrega con un tono siseante.

Levanta una hoja de papel, la contempla y mira de nuevo la pantalla. La hoja tiembla en su mano. El administrador de tareas de impresión consigna que hace unos minutos procesó un *mail* firmado por Rogelio y lo estampó sobre papel A4 de calidad normal en la modalidad "prueba".

"Mejorar a Greene, estúpido engreído", dice casi gritando. Vuelve a mirar la hoja y la acerca a sus ojos pequeños y claros como si tuviera dificultad para leer. Se levanta del escritorio y camina. Lo veo alejarse e ingresar en una zona de penumbra. Me ha dejado a la intemperie, en momentos de descender del taxi para subir hasta el departamento de Lime. Como ya saben, el frío de Viena es unánime. Tal cual el autor ha previsto, Alfredo lleva bata y bebe un líquido efervescente de un largo vaso —obviamente, sal de fruta—. Antes de que desaparezca de mi campo visual, repite:

"Mejorar a Greene...".

El teléfono ha sonado y la carnada no está disponible. Ni la voz serena —falsa—, ni Vivaldi. Es él en persona, el autor insomne y probablemente achispado por la bebida, el que atiende:

—Diga...

(Antes desactiva la opción "sin manos" y la ventana del pequeño programa de fax y contestador desaparece.)

—¿Rogelio?

(La voz es distante, con un eco retardado.)

—¿Quién habla?

(Se fastidia si en el momento de estar escribiendo, una llamada lo interrumpe.)

—Alfredo, bazofia senil.

(¡Oh, conozco la voz, esa manera de remarcar las consonantes!)

—¿Alfredo Wallace?

—¿Wallace?, García. ¡Soy Alfredo García, torpe jubilado!

(Alfredo de Londres, claro. El tono aflautado, iracundo. En bata todavía y sin que la sal de fruta lo haya calmado de lo que sea.)

—¡Qué horas de llamar! ¿Qué tal Brighton? ¿Dejarán en paz a esas pobres ovejas?

(Ebrio y sorprendido, igual puede ser irónico.)

—Calculé que estarías en actividad, fatigando la copia...

(Conoce a Greene y a Reed, también a Welles, mira la BBC, lee ediciones de Penguin Books, ha leído *El tercer hombre* y posiblemente ha visitado Viena: Alfredo García tal vez me muestre la verdad sobre mis días.)

—¿Madrugaste sólo para fastidiarme?

—Aquí son las siete y cuarto de la mañana: ya desayuné y en quince minutos salgo para el laboratorio. Pero puedo permitirme unos mínimos tres minutos de conferencia transoceánica para insultarte debidamente. Tu último *mail* es un compendio de la grosería y la prueba tangible de tu decadencia. Pese a que me indigna, también me preocupa y pienso que deberías tratarte, controlar la bebida y dejar de escribir por un tiempo. Antes de cortar —esto sale dinero y mi beca no da para tanto—, te recomiendo que medites sobre esta paradoja: mejorar la obra de otro no acrecienta el valor de la tuya. Tu esterilidad es algo patético y de ello no va a salvarte Harry Lime. *By the way*, mi ponencia sobre clonación tal vez aparezca en breve en Lancet. Esta carroña viviente se despide. Hasta pronto, plagiario...

(Se escucha el clic y el silencio transoceánico se restablece. ¿Salvados por Harry Lime? Presiento que a partir de ahora, Londres no será un sitio seguro.)

—Jodido fisgón, cortó.

(Su rostro se acerca a la pantalla barrida por el arco iris del protector, los rayos multicolores de la descomposición del prisma, nuestra aurora boreal. Oprime una tecla cualquiera y el documento Novela reaparece y yo regreso al cementerio, junto con los amigos de Lime. La catarata de fucsias, añiles, lilas y naranjas deviene en la blancura de la nieve que nos rodea, las lápidas y los esqueletos albinos de los árboles del bosque. El hombre de impermeable, el militar, parece dudar mientras el otro, el del taxi, se encamina hacia el automóvil que lo aguarda. ¿Otra vez me ignoran? Es lo apropiado, dado que no saben quién soy.)

—No existe escape posible, salvo regresar a los antiguos cuadernos, a la letra manuscrita, a los folios ocultos en una caja de zapatos. Los tiempos anteriores al asombroso milagro de la Olivetti Lettera con cinta bicolor. Antes todavía, al sordo raspar de la pluma sobre papel egipcio. En todo caso, al mítico envoltorio de fideos.

(Ensimismado y hablando para nadie, me produce un asomo de piedad, palabra cuyo significado desconozco.)

Se ha quedado dormido con la computadora encendida, y su cabeza caída sobre el pecho me indica que tal vez deba aguardar horas para salir del cementerio. Tras la llamada de Alfredo desde Londres ha estado malhumorado y soez. Ha escrito varias veces el final del entierro de Harry Lime y otras tantas lo ha cambiado. Cuando por fin había logrado yo conocer a esas personas que me acompañaban —un hombre llamado Rollo Martins y el militar de nombre Calloway—, decidió volver atrás y reescribir el momento en que Martins y el otro regresan al taxi, para dejarme en medio de las lápidas y el olor a flores muriendo en el aire frío. Así, he avanzado y retrocedido minutos de mi existencia, desandando el extraño sendero del texto. En todos esos simulacros, Martins, que también se llama Buck Dexter y escribe *westerns*, no ha cesado de experimentar cierto embarazo ante mi presencia. Incluso me ha dicho —y el autor de mis días lo desautorizó de inmediato— que el que cazaba conejos con Lime, era él. ¿Por qué tiene dos nombres de desaforada invención? "Rollo" Martins no es menos estrafalario que Buck Dexter. ¿Qué tipo de escritura realiza? ¿Qué significa *western*? Sospecho que el señor Greene sucumbió a las mismas vacilaciones que el autor. Alfredo de Londres debería intervenir, guiar esta descontrolada invención hacia aguas seguras. "Mejorar la obra de otro no acrecienta el valor de la tuya": sabias palabras, creo.

Cuando es vencido por el cansancio y los excesos, el autor suele despertar, después, en una especie de trance, como si regresase de un abismo tan negro como aquel al que me envía cuando ordena "guardar" y luego "cerrar". ¿Será ese el famoso lugar, del que luego extrae las desconcertantes imágenes del archivo Sueños? Es fama, en el disco duro, que para abrir Sueños debe operarse una clave de cuatro letras o caracteres y que ese nombre es un misterio, aun para los que aquí habitamos. Dicen que alguien llamado Pavese ha dicho: *"Por inferior que sea la obra al sueño, ¿quién no la contempla estupefacto y pasivo?"*. La sentencia precede a uno de los textos del archivo. Hay otras. *"El hombre es un dios cuando sueña y un mendigo cuando piensa."* Hölderlin. Tal vez la más enigmática es la que firma ese impostor, Shakespeare: *"We're such a stuff as dreams are made of"*. Presiento que allí están las claves de mis días: el sueño, dios, la obra, el mendigo, tal vez Shakespeare.

Cuando nos alejamos noté que Martins nunca miraba hacia atrás. Casi siempre, los que fingen un dolor, los que fingen un amor, echan una última mirada o se quedan agitando sus pañuelos desde los andenes de las estaciones, en lugar de desaparecer de prisa, sin mirar hacia atrás. ¿Será porque se quieren tanto que desean exponerse el mayor tiempo posible a la mirada de los demás, aun de los muertos?

—Me llamo Calloway —dice el militar.

—Wallace —replico yo.

—Martins —interviene él.

—¿Eran ustedes amigos de Lime? —indaga Calloway.

—Sí —decimos al unísono.

Ahora el autor vacila y amenaza con borrar otra vez la escena. Ese resquemor que Martins trasunta cada vez que yo intervengo tal vez sea la causa del disgusto. ¿Por qué, si ambos éramos amigos de Harry Lime, jamás nos habíamos visto? ¿Quién realmente cazaba conejos con él? Con relación a Calloway, lo verdaderamente inquietante es que no se da cuenta de las improbables coincidencias o los absurdos coros al responder. Nos encaminamos todos hacia el taxi de Martins. Espero que el chofer me permita subir.

Martins se había dirigido hacia el taxi al paso largo de sus piernas flacas que daban la impresión de estar a punto de enredarse; no hizo la menor tentativa de hablar con los demás y sus lágrimas habían terminado por correr francamente, por lo menos las pocas gotas avaras que somos capaces de verter a nuestra edad.

¡Lo ha resuelto! Dejamos por fin el cementerio y el criterio del señor Greene se ha impuesto. La obra del otro nos guía y nos rescata del embarazo y la duda. Tal vez las lágrimas del señor Martins hayan conmovido al autor, pese a lo escasas.

Una lacrima sul viso, poi capire molte cose...

El autor suele cantar esos versos, con una voz cascada y reticente. Lo hace generalmente cuando regresa de sus juergas y me despierta a deshoras, cargado de una energía torpe y desordenada. También entona:

Love me tender, love me sweet...

Desconozco esos idiomas, pero he oído muchas veces esas tonadas surgiendo desde algún lugar de la habitación del autor, las voces superpuestas a un extraño ruido a estática, distorsionadas casi. En ocasiones, se produce la interminable reiteración de una frase, enigmática y obsesionante:

La historia vuelve a repetirse...

texto lamentado y llorón, no menor en su atrocidad que

Why, why, why, Dalilah...

Como sea, son estos indicios claros del grado de complejidad de los actos del autor y del caos del que vive rodeado. Ahora, mientras yo estoy por abordar de nuevo el taxi —no se decide a dejarnos subir, aguardando quizá que las escasas lágrimas de Martins se sequen de una vez—, se ha puesto a silbar una tonada, algo raro en él. He dicho que le gusta cantar, pero hasta donde puedo saber, nunca ha hecho uso de esa habilidad propia de troperos o vigilantes.

Finalmente el automóvil arranca y viajamos los tres en el asiento trasero. El chofer no me ha reconocido y Calloway finge no prestarme atención. Yo me he sentado junto a Martins, que ha quedado en el medio. Por la ventanilla veo alejarse el bosque y el páramo de lápidas. Pasamos nuevamente junto al busto de Bauprés Samaniego y atravesamos el enorme portal del cementerio para volver a la zona británica.

—Escúcheme —dice Martins— siento una necesidad terrible de beber, pero no tengo un céntimo. Le agradecería mucho que me pagara una copa.

Obviamente se dirigía al militar, que de inmediato indica al chofer la dirección de un bar en la Kärntnerstrasse. Veo mi oportunidad y digo: "Yo puedo invitar, tengo cinco libras que todavía no he podido gastar". Martins me mira, otra vez sorprendido, tal vez irritado. Calloway se encoge de hombros y comenta —no para mí expresamente— que ese dinero en Viena no sirve y que el único admitido en hoteles y clubes británicos es el *Bafs Paper*.

En ese momento el autor deja de silbar y acerca su rostro a la pantalla. Sonríe con una expresión ida mientras restos de comida le desbordan las comisuras de la boca. Tal vez ha olvidado la conversación telefónica con Alfredo. O tal vez no.

Jueves, 10:32:29 PM

Estimado señor García:

Mi reconocida paciencia y urbanidad han logrado pasar por alto tu intempestiva llamada del pasado lunes, día aciago en general y desgraciado en especial el último, ya que me deparó la sorpresa de tu desagradable voz profiriendo torpes advertencias. Como corresponde a mi condición de escritor que jamás escribe bajo el engañoso furor de las pasiones —lo mío surge con la serena mesura del soplo apolíneo, que atempera el trepidar de las musas—, he dejado pasar las horas, y hoy, por fin, afronto esta necesaria respuesta que habrá de llegarte ensobrada. No caeré en la fácil tentación de ingresar otra vez en tu promiscuo *mail*, que adivino desbordante de invitaciones a pomposos congresos sobre ovejas gemelas. La tecnología nos ha facilitado lo instantáneo en detrimento de las antiguas y siempre vigentes costumbres epistolares. Regreso al papel impreso, al sobre liviano y a los coloridos sellos, y confío este mensaje a los alados pies de Mercurio. Y te advierto, para beneplácito de tu cruzada a favor de la abstinencia, que hace días que no bebo una gota.

Retomando tus últimas palabras, urgentes, dada tu reconocida tacañería, y apresuradas por mera torpeza, resuena aún en mis oídos el grosero epíteto final, "plagiario". Sorprendente acusación de alguien que, jugando peligrosamente a aprendiz de brujo, se informa y educa para implementar calcos atroces de seres vivos, abriendo la puerta a operativos tan siniestros como impredecibles. La paja en el ojo ajeno impide ver la viga en el propio.

"Plagiario", mote previsible para una inteligencia que, como la tuya, no reconoce los matices y solo es capaz de apreciar los datos inmediatos, las apariencias, ignorando lo esencial. Según tu escolar punto de vista, el señor Kurosawa es un plagiario shakespeareano encallecido, porque se basó en *Macbeth* para escribir el guión de *Trono de sangre* y en *Rey Lear* para realizar *Ran*. Cito esos films porque sé que el cine es para ti territorio conocido. Y en cuanto a Shakespeare, ya sabemos que utilizó admirablemente argumentos ajenos. Para las muchedumbres del siglo XVI, todavía próximas a las grandes obras anónimas del Medioevo, una pieza era primeramente un tema, una intriga, por lo cual el autor importaba poco.

Pero, siguiendo con el punto, ni hablar de ese otro tipo de plagio, que se da sólo en la literatura y que consiste en la existencia de un autor a partir de otro. No se trata de una simple fecundación de óvulos —la biología a veces es poco imaginativa—, es un paso más complejo: de Baudelaire a Poe, de Poe a Mallarmé, de este a Valéry. La migración de una idea común sobre el espíritu a través de almas diversas. Pero voy demasiado rápido para quien sólo sueña con duplicar simples ovejas.

Sabes que detesto hablar sobre mi propia obra y mucho más cuando la estoy escribiendo. Tu irreflexiva intromisión me empuja a hacerlo. Lo que actualmente estoy haciendo es un acto de amor, aspecto que dudo puedas advertir ya que, flotando en la superficie de los hechos, solo ves un intento de apropiación, una estafa. Por empezar, en ningún momento pensé en ocultar el origen de ese texto que, con fervorosa dedicación, pienso mejorar. De modo que no hay dolo en mi empeño.

¡Qué paradojas tiene el arte! Cuando un pintor reproduce con exactitud una obra ajena, llevando su esmero a la más exacta imitación de cada pincelada del autor original, se le acusa de falsificación. Los copistas que vemos en los museos están impedidos de firmar ese acto supremo de amor que implica entregarse en cuerpo y alma a la imposible tarea de repetir, paso por paso, la gesta de una tela. Para el caso de la literatura, basta con evocar a Pierre Menard, personaje de Borges, quien en inaudita hazaña escribe otra vez el *Quijote*, no copiándolo, no repitiéndolo, sino creándolo íntegramente desde cero, tres siglos después de Cervantes. Pues bien, estimado ignorante: ni falsificación, ni mera copia, ni plagio, ni adaptación. Te lo repito: amo a Graham Greene, lo respeto, lo admiro y lo he leído devotamente. Conozco su vida y sus andanzas de trotamundos. Pero hace un tiempo llegué a la conclusión de que en *El tercer hombre* algo falló. Lo condicionó la necesidad de ese guión que Reed le exigía y escribió el relato solamente como esbozo para el libreto. Por supuesto que la película terminó tragándose al relato original y hoy ambos configuran un díptico indiferenciado. Lamentablemente Greene murió hace algunos años y ya no puede remediar ese descuido. Yo voy a hacerlo. Un necio sentido de la propiedad intelectual ha impedido que, a lo largo y a lo ancho de la historia de la literatura, los actos fallidos de tantísimos autores quedaran en evidencia. Hay dos caminos en esos casos, o se los elimina de la memoria y la bibliografía, o esforzados admiradores, como es mi caso, se encargan de corregir los errores, para mejorar la obra.

No me hago ilusiones de que entiendas el altruismo de mi proyecto. Sólo pido que alejes tu nariz de mis asuntos y me dejes escribir en paz. Estoy de acuerdo: mejorar la obra de otro no acrecienta el valor de la propia. Pero yo no aspiro a ningún laurel con este desafío. El desinterés personal me guía y mi singular misión se realiza a partir de que Greene haya sido mejorado. En ese aspecto soy solamente un instrumento al servicio de la posteridad ajena.

Si solo fueras capaz de entender un átomo de mi proyecto, eso bastaría para superar nuestras diferencias.

Adivino tu halitosis impregnando esta página y, compadecido, te envío mi bendición.

Rogelio Novaris

Otra vez la voz fingida, el tono urbano y la cadencia calma, el fragmento de Vivaldi y la meliflua propuesta son operados por el sistema:

Hola, en este momento no puedo atenderlo. Después de la señal, deje su nombre y número de teléfono, que a la brevedad le responderé.

Otra captura en progreso: el autor de mis días no cesa de sorprenderme. Es una voz masculina, airada y amenazante:

Te habla Boris: te esperé y no pasaste. No puedo esperar más, pagame, Novaris. A ver si entendés, necesito ese dinero. Si voy a tu casa, levanto todo lo que pueda vender. No te hagas el vivo, Novaris, rata de la cultura, pagá tus deudas...

El mundo del autor es así: amenazas, propuestas amorosas, insultos, lejanos llama-

dos desde Londres, invitaciones a extraños
eventos, misteriosos mensajes llegados a deshora. Hoy también nos ha increpado nuestro conocido Bauprés Samaniego:

*Le habla Ronald Bauprés Samaniego...
con la doctora Lavinia hemos decidido pasar por
alto sus exabruptos, a condición de que acepte
participar en nuestro congreso. El licenciado Miflin ha insistido en que su presencia es insoslayable, lo que todos compartimos en la Academia.
Por favor, Rogelio, llámenos. Anote el celular de
la doctora: cero, nueve, nueve, seis, cero, tres,
ocho, siete, siete. Gracias.*

Es asombroso: es como si Bauprés Samaniego supiera que ha encontrado la gloria
del mármol en un rincón del cementerio de
Viena. Tengo para mí que los mecanismos del
ego suelen ser impredecibles. En cuanto a la
doctora Lavinia, bastó el elogio de sus senos
para disparar su insistencia. No ha de faltar
mucho para que sus mensajes incluyan las bastas insinuaciones de las otras mujerzuelas que
asedian al autor. Siempre divertidas y vulgares,
prestas a decir "malito" o "ingrato", a ofrecerse
como imagino harán las azafatas de un congreso en Brighton.

Las capturas del mundo exterior son la mejor manera de indagar en ese misterio insondable que es el autor. Ese hombre, Boris, ha llamado otras veces: siempre exasperado y amenazante. ¿Serán libras lo que le deben? ¿Podrá gastarlas? Una vez el autor le respondió:

"Vas a cobrar el día de los trífidos".

Está claro que piensa pagarle en una fecha concreta. No obstante, la advertencia de hoy es grave. "Rata de la cultura", ha dicho. También he oído: "mediocre infame, basura inmoral, comeniñas". Y por supuesto, "plagiario". Los argumentos de Alfredo García, de Londres, son asaz convincentes, pero las razones del autor se me antojan irreprochables. Está guiado por el amor y su obra está justificada en él. Yo mismo soy una creación de ese amor.

Estoy a punto de llegar al bar de la Kärntnerstrasse, por más que el automóvil que nos lleva y todos los que viajamos en él estemos detenidos en la inmovilidad más absoluta, cuando ni siquiera una coma nos prepara para la siguiente acción. Si repaso los últimos hechos, es indudable mi progreso. He mantenido mi nombre de los últimos capítulos y ahora el autor ha decidido darme a conocer a esas personas, Martins y Calloway. Hubiera querido también hablar con la joven del cementerio que, a juzgar por sus lágrimas, también conoció a Harry Lime. ¿Lo amó? Tal vez sí, aunque quizá el llanto sea obligatorio cuando alguien está siendo sepultado. ¿Han terminado así Malloy y Eusebio Santos, mis predecesores?

¡Oh, se abre el programa y el cursor señala Novela!

En el asiento trasero del taxi, los tres hombres viajaban en silencio mientras a través de las ventanillas desfilaban ruinas informes y montículos de nieve. A esa hora el movimiento en Viena empezaba a escasear y pronto iniciarían sus recorridas los jeeps de la patrulla internacional. La presidencia del colegiado de potencias que controlaba la ciudad era rotativa y en esos días estaba a cargo de los rusos, por lo que franceses, norteamericanos e ingleses debían asumir con recelo el mando de los poco confiables soviéticos. En general no había incidentes señalables durante su jefatura, salvo algún secuestro y deportación de alguna muchacha ucraniana sin pasaporte o simplemente un traidor, extraídos con engaño desde la zona británica para ser enviados al este. Ello ocasionaba siempre formales protestas y aun investigaciones prolijamente consignadas en largos informes que Calloway u otros redactaban con escrúpulo sin llegar jamás a la verdad.

(Cuando él se introduce en la historia me produce un asombro inmediato comprobar cuánto sabe. Se supone que esos datos que acaba de enumerar deben enriquecer mis conocimientos, más allá de que no me ha indicado de manera clara que me pertenezcan: patrullas, secuestros, investigaciones, informes. Calloway debe informar, por lo que antes debe preguntar.)

De pronto y sin que medie ningún hiato entre el automóvil y el bar de la Kärntnerstrasse, estamos ante su puerta y el cartel que anuncia el horario de seis a diez para su funcionamiento. Entramos y un camarero nos conduce a un pequeño reservado, contiguo a otro en el que una pareja habla en voz baja. Inmediatamente nos sentamos en torno a una mesa en la que han depositado una bandeja de sándwiches de caviar. Nos traen luego la bebida: un licor achocolatado que ha sido mejorado —según Calloway a precio de oro— con *cognac*. Martins bebe de un trago su segundo vaso y dice:

—Perdóneme, pero era mi mejor amigo.

—Es una frase de novela barata —dice Calloway.

—Escribo novelas baratas —contesta en seguida Martins.

—Hábleme de usted —repone Calloway— y de Lime.

—Sí, hablemos de Lime —apruebo, esperanzado en saber— yo también era su mejor amigo.

—Es una frase de novela barata —vuelve a decir Calloway, y yo no tengo más remedio que sospechar que algo no funciona en el diálogo, ya que repite lo dicho segundos antes.

—No creo que nadie conozca a Harry tan bien como yo —aclara Martins con énfasis mientras mira su vaso de licor de chocolate y lo hace girar en uno y en otro sentido.

—¿Cuánto tiempo? —pregunta Calloway.

—Veinte años... y hasta un poco más. Nos conocimos en el colegio cuando mi primer trimestre. Todavía veo el lugar en que lo encontré. Veo la pizarra y lo que estaba escrito en ella. Oigo sonar la campana. Tenía un año más que yo y sabía desenvolverse. Me puso al corriente de muchas cosas —repone Martins y hace girar nuevamente el vaso como para ver dentro de él con más claridad.

—Yo era mucho mejor que Harry en historia y geografía —digo con una ignorancia profunda de lo que hablo y bebo un sorbo del licor achocolatado. Miro dentro del vaso y no puedo ver nada.

—¿Qué quiere decir? —pregunta Martins, ya irritado por el alcohol.

—Cazábamos conejos en Brickworth —explico, incapaz de ofrecer otro dato que no fuera ese que ya había sorprendido y azorado a Martins.

—¡Miente! —estalla por fin Martins —eso no es cierto, usted es un impostor que jamás conoció a Harry por más que insista con eso de los conejos de Brickworth. ¡Yo era su mejor amigo!

—Es una frase de novela barata —dice Calloway por tercera vez.

—¿Cuándo lo vio por última vez? —exige Martins que le explique.

—¡Oh! Hace seis meses, vino a Londres para un congreso sobre clonación —repongo con gesto triunfal—. Usted sabrá que aunque no ejercía, tenía el título de biólogo. Eso lo pinta de cuerpo entero —agrego.

—¡Eso es absurdo! —protesta Martins, crispado y amenazante—: Harry Lime era médico, no biólogo. Sí hubo un congreso y estuvo en Londres hace medio año, yo lo vi, pero usted no estaba allí, señor...

—Wallace, Alfredo Wallace —digo, feliz de saber un poco más sobre Lime y sobre mí.

Sábado, 10:49:54 PM

Estimado plagiario:

No voy a gastar papel, sobre y estampilla para responder a la desgraciada serie de exabruptos de tu última misiva. Leerla me confirmó tu estado de ruinosa demencia y el grado de insania que te embota. Por debajo de esos párrafos de iracunda justificación y ampulosa soberbia, se arrastran los inocultables síntomas de la decadencia. Pero soy un científico y como tal debo encarar tu estado. Puedo entender ahora el abandono del hogar por parte de la pobre de Viv y la diáspora unánime de tus hijos, viviendo con amigos o en albergues antes que seguir soportándote. Tu precaria condición humana, lejos de inspirarme piedad, me determina a interceder con energía para salvarte del ocaso.

Para que podamos entendernos, comencemos por el principio. No voy a seguir tolerando tu superficial e insidiosa opinión sobre mi profesión y mis actuales estudios. Creo que es la típica actitud del lego que, enfrentado a una realidad que no comprende, incurre en la burla más guarra para superar su sentimiento de inferioridad. Basta de estupideces y de alusiones penosas a las ovejas. No quiero más chistes de *variété* al respecto, redomado ignorante.

Punto dos: mi denostada capacidad para "deslizarme sobre la superficie de los hechos". ¿Te pedí yo ese penoso adelanto de tu obra en progreso? ¿Este no llegó a mi *mail* como un evidente lapsus de alguien que, habiendo incurrido en felonía, necesita imperiosamente ser descubierto? Y enterado del proyecto, ¿pretendías que fingiera beneplácito ante tamaño despropósito? Con delicadeza te manifesté mi sorpresa y a la vez mis reparos —siempre pensando en lo mejor para ti y tu obra— sobre ese *tour de force* sobre Greene. Tu defensa del mismo ha sido patética: "un acto de amor". Boberías de patán de las letras. Jugueteos intertextuales para manosear lo ajeno y entreverar lo propio. ¿Dónde quedó el brillante diseccionador de los grises burócratas o el perverso verdugo de la hipocresía nacional? ¿Qué se hizo de aquel capaz de instalar el cerebro de Aristóteles en una bailarina de cabaret? ¿Queda algo todavía del perverso instigador a que el mago se devorara sus palomas?

Volviendo a Greene, ignoro qué puede ser cambiado, mejorado o adulterado para bien en esa obra perfecta que es *El tercer hombre*, engañosamente confundida con un pre-guión o relegada a mero apronte para un proyecto de celuloide. Y, en una segunda potencia de mi perplejidad: ¿por qué Greene, que en paz descanse? ¿Por qué no Balzac, Melville o Conrad? De acuerdo a tu parecer, toda la literatura universal es pasto para tu voracidad correctiva y que Shakespeare nos proteja. Amigablemente te aconsejo: no transformes una comprensible —y quizá pasajera— falta de inspiración, en una pirueta torpe, en el toqueteo desaprensivo de papeles ajenos.

Por último: nunca más, repito, nunca más, vuelvas a referirte bajo burla a mi esforzada profesión. No voy a permitirlo y me sentiré definitivamente agraviado si insistes.

Por supuesto que rechazo tu bendición, pero hago votos para que, entre los vapores del pésimo licor que estarás consumiendo, un rayo de luz ilumine algunos gramos de tu embotado cerebro y puedas entenderme.

Firme en la amistad,

Alfredo

P.D.: Prefiero la halitosis al delirio senil.

Domingo, 02:31:09 PM

El autor de mis días hace listas de palabras que le parecen intolerables o que le resultan desagradables por alguna razón. Hay un documento llamado Museo que ha ido aumentando de byte en byte con la consignación, escueta y terminante, de esos términos. Allí figuran, por ejemplo: cucaracha, medición, aporía, telúrico, cataplasma, forúnculo o ejecutivo. Las hay más específicas, como riñón, próstata o fibroma, referidas al cuerpo humano, o diferencial y alternador, vinculadas a la mecánica de los automóviles. Hoy ha incluido:

becario

Como sucede con la mayoría, ignoro su significado. Sé que es una noción que alude a Alfredo de Londres, a lo que *hace* Alfredo de Londres. He comprobado que tras revisar el contenido de su *mail*, el autor llevó la temblorosa flecha sobre el icono Museo, y tras su apertura, tipeó con lenta secuencia las siete letras.

Señaló "guardar" y luego "quitar" con el cursor y Museo se cerró. Acto seguido abrió

Sueños, tras incluir las cuatro letras de la clave de acceso. A continuación del último punto y aparte, colocado el viernes a las 2:32:09 p.m., escribió:

"Me aparto de la senda polvorienta y reseca que desciende hacia la comarca de pequeños kioscos, de elementales casetas habitadas por vendedores y tomadores de apuestas. Voy atravesando los pastos calientes en el declive incómodo de una ladera interminable. En una de esas precarias tiendas o dispensarios me aguarda Lime y su mercancía adulterada. Por supuesto que estará en camisilla, con el sombrero echado hacia atrás, comiéndose una por una las piezas de su tablero de ajedrez. Antes de que se trague el último alfil, presiento que me oirá llegar, jadeando y con un sentimiento de culpa agitándose entre mis manos. Un temor creciente me hace vacilar, pero Lime no deja de esperarme. Adivino su expresión cínica, sus ojos burlones y siempre vivaces mirándome como desde una escena teatralizada. Voy a su encuentro y antes de despertar lo veo venir a mi padre, envuelto en una toalla y a punto de afeitar su bigote. Estoy en casa y la covacha de Lime ha desaparecido. Vestida de bombero, mi hermana se devora con deleite un codo".

La flecha selecciona "guardar".

¿Qué son los sueños? Probablemente otro planeta. En él, Harry Lime está vivo y atiende un kiosco en el cual vende mercancía adulterada. *"El hombre es un dios cuando sueña."* El autor de mis días no deja de confundirme con sus mensajes, sus palabras condenadas, sus relatos ocultos.

Ahora, redacta otro de sus meditados insultos:

"Te he visto pasar: vientre descuidado, gesto doctoral, barba hirsuta. Tu mirada escudriña el horizonte en busca de efebos, de pretextos para arrodillarte en los oscuros zaguanes del deseo. Con felicidad, veo que, lentamente, la decadencia ha comenzado su loable tarea. Próxima parada: el ridículo peluquín o el teñido infame del ralo cabello. Bienvenido otra vez —la última—, Bob".

El texto es guardado en la bodega del correo electrónico. En cualquier momento saldrá hacia el *e-mail* de alguien llamado Bob, a quien el autor de mis días da la bienvenida. Me entero de que la decadencia es un asunto loable, por lo que las advertencias o acusaciones de Alfredo de Londres no deben inquietarnos.

Hoy está prolífico. Abre un nuevo archivo en el programa de texto y se dispone a redactar otra misiva.

Estimada doctora Lavinia:

Ante la insistencia, tanto suya como del atento Bauprés Samaniego, en invitarme a esas importantes jornadas sobre Literatura Islandesa, cumplo en escribirle estas líneas de disculpa por no poder aceptar tan generosa invitación. Tanto el tema de la actividad como el marco en que la misma ha de desarrollarse, serían irrenunciables para mí de no mediar un impostergable compromiso, asumido ya hace tiempo, que me obliga a viajar al exterior en fechas coincidentes.

En efecto, he sido invitado a Viena para ofrecer una conferencia en la Sociedad de Relaciones Culturales Británicas, sobre los aspectos más salientes de la literatura actual, en especial la obra de Buck Dexter. El señor Crabbin —uno de mis anfitriones— ya me ha reservado hotel y pasajes, por lo que en breve habré de partir hacia Austria.

Como ve, mis obligaciones con la cultura me arrojan al Viejo Mundo sin más. No obstante, añoraré sin tregua la posibilidad de disfrutar —no encuentro palabra mejor— de su inquietante presencia en ese estimulante encuentro con la obra de Jónas Hallgrínsson. Mil perdones una vez más.

Y una disculpa que espero no sea tardía: en nota dirigida a vuestro amable secretario hice referencia a sus inocultables turgencias pectorales. Reconozco que mi fervor por las mismas me indujo a ser basto y quizá blasfemo, además de incurrir en injusta sinécdoque. Aislé, elogié, idealicé una parte olvidando el todo. Esa fue la verdadera torpeza: toda usted merece mi reverencia y cada átomo de su figura esplende en mi memoria.

Sinceramente avergonzado, imploro su perdón incondicional aunque ardo en deseos de expresárselo personalmente.

Con devota admiración,

Rogelio Novaris

Miércoles, 03:07:23 AM

Desde que discutí con Martins, he quedado en espera de que el autor dé progreso a la situación. Felizmente, tanto el sueño del kiosco de Lime como la carta a la doctora Lavinia me han suministrado breves y preciosos indicios sobre lo que me aguarda. Para empezar, está claro que Harry Lime no era médico ni biólogo, sino vendedor de mercancía adulterada. Es probable que su muerte esté relacionada con esa condición. En cuanto al próximo viaje del autor de mis días a Viena, no puede más que alegrarme, aunque ignoro qué beneficio puedo obtener de su llegada a esta ciudad devastada y cubierta de nieve.

Hace largos minutos que ha abierto el archivo Novela y puedo verlo a través del cristal. Parece levemente ebrio a juzgar por esa imperceptible oscilación de su cabeza y cierto movimiento de labios, que flamean como si emitieran un murmullo. En el momento en que va a empezar a escribir, algo difuso y brillante crece detrás de sus hombros caídos. ¿Alas que se despliegan, cuernos espiralados de unicornio? Son dos tallos, más bien, que se elevan hacia el techo, dos chorros de luz que empiezan a entrelazarse sin que el autor se inmute.

—¿Sabe que, si hubiera querido, habría podido escribir música liviana de primer orden? —dice Martins, refiriéndose a Lime, y se pone a silbar un aire que me pareció muy conocido. No parecía que renglones antes hubiera estallado de cólera.

—Nunca he olvidado esta tonada —dice—. Vi a Harry escribirla. Así, en dos minutos, en el revés de un sobre. Siempre la silbaba cuando tenía una preocupación. Esas notas eran su firma.

Tarareó la tonada por segunda vez y recordé de quién era esa música; naturalmente Harry no la había compuesto. Estuve a punto de decírselo, pero ¿para qué?

(Debí aclararle que ese aire machacoso y obsesionante, esa música repetida y circular era la que el autor de mis días venía silbando con insistencia, postergando el habitual canto o el simple tarareo.)

Las últimas notas murieron; él mira su vaso con fijeza, bebe las escasas gotas que quedan y comenta:

—Me subleva pensar que muriera así.

—Es lo mejor que podía pasarle —contesta Calloway.

—¿Lo mejor...?

—Sí.

—Era, sin discusión, el más inmundo traficante, del peor mercado negro que se hace en esta ciudad.

—Vendía su mercancía adulterada en un kiosco, vestido de camisilla y sombrero, mientras devoraba, una por una, las piezas de su tablero de ajedrez —digo de un tirón, imbuido de una seguridad absoluta en el conocimiento de Lime y su comercio. Martins y Calloway me miran con asombro, acaso con fastidio. En el escritor advierto una traza de odio, de violencia otra vez a punto de desatarse. Lo veo medir con la mirada la distancia que nos separa y decidir que, desde el lugar en que está sentado, no puede alcanzarme.

Alfredo:

En un mundo perfecto, los escritores hacen su trabajo sin sufrir las indeseadas interferencias de personas comedidas pero inoportunas. En esta realidad asediada por la indiscreción electrónica, un imperdonable descuido de mi parte ha puesto a funcionar el perturbador mecanismo de tu curiosidad. Percibo que ya es tarde para desviar tu atención hacia asuntos menos íntimos que la creación. De nada han servido mis sinceros argumentos en defensa de mi proyecto, y hoy concluyo que he quedado atrapado en las redes de tu cargosa propensión a meter la nariz en lo que no te incumbe.

Los argumentos de la amistad se invalidan cuando está de por medio el inefable derrotero de la escritura. Esa es una esfera intransferiblemente personal, privada, oculta, secreta, soterrada si prefieres, pero jamás abierta a debate en tanto se gesta. Ahora sé que, cual tábano pertinaz y alocado, tu natural curiosidad te hará sobrevolar mi existencia y la de mi texto hasta que lo destruyas o me inmole en una renuncia por agotamiento. Debo, pues, intentar justificarme.

Es fama que en la primera línea de su prólogo a *El tercer hombre*, Graham Greene declara que este "no fue escrito para ser leído sino para ser visto". Luego nos informa sobre la idea básica de esa historia, un breve párrafo escrito sobre el dorso de un sobre: "Había transcurrido ya una semana desde que hiciera mi visita al cementerio para despedir los restos de Harry. Fue, pues, con incredulidad que lo vi pasar, sin que diera señales de reconocerme, entre la muchedumbre de desconocidos del Strand". Enseguida menciona a Sir Alexander Korda y su petitorio de escritura de un film para Carol Reed, el cual debería desarrollarse en la Viena ocupada por las cuatro potencias. Finalmente admite que le resulta imposible escribir un argumento sin haber escrito primero un cuento. El resto del introito a la novela es el breve relevamiento de su trabajo con Reed, sus discusiones, las diferencias entre la novela y el film y la capitulación final de Greene: "*El tercer hombre* no pretendió ser otra cosa que una película". O, más concluyente aun: "El film, en realidad, es mejor que el cuento, porque es, en este caso, el cuento en su forma definitiva".

Cualquier iletrado pastor de ovejas podría entender, si le leen esto, que míster Greene cedió todo el crédito de su historia al resultado del celuloide, por lo cual, el texto impreso de *El tercer hombre* ocupa, todavía hoy, un escalón inferior en el conjunto de su obra. Sus otras novelas, desde *El agente confidencial* o *El ministerio del miedo* a *El poder y la gloria* y *El americano impasible,* gozan de mayor fama y consideración.

Se sabe, además, que Orson Welles también metió mano en ese guión. Greene indica que las famosas líneas sobre los relojes cucú fueron escritas por él. ¿Qué duda cabe, entonces, que desde el principio, *El tercer hombre* fue una obra colectiva y tan maleable como su propio autor lo quiso? Del reverso del sobre a la novela preparativa del guión; del guión a las improvisaciones en el set, a los cambios en el decurso de una filmación: todo indica un único imperio, el de Reed y el equipo de productores, técnicos, actores y ejecutivos de la empresa que realizó la película. ¿Qué duda cabe, también, de que Greene —tal vez de manera inconsciente— buscó para su historia un final apropiado al cine, pero que, desde mi punto de vista, es obvio y truculento para su estilo novelístico: un *tour* cloacal para el mal adornando ajuste de cuentas con un supuesto canalla?

Dejémoslo ahí, no voy a abundar más en indicios evidentes de su pleitesía hacia las esperables exigencias de lo que hoy sería tildado de "políticamente correcto". De ahí el desafío y la apuesta: rescatar a Lime para mejorar a Greene.

Sé que no puedes entender mi estrategia y te adivino releyendo el fallido texto, puedo verte ya encorvado y ratonil sobre las amarillas páginas de la edición de M.C. —la misma que yo tengo— procurando desentrañar la falla. Si leyeras con atención, verías cómo Greene dejó abiertas todas las puertas para que por fin, un admirador bien intencionado como yo, lo socorriese. Lo que subyace por debajo de la trama —que no es de las más brillantes que ha escrito— es mucho más cautivante. La confusión entre dos escritores llamados Dexter, la referencia a Zane Grey en la conferencia de la Sociedad de Relaciones Culturales Británicas y sobre todo la mención de que uno de los Dexter está escribiendo, precisamente, *El tercer hombre*, bastarían para afirmar que en ese texto, Greene desbarata por completo el concepto de autoría.

No obstante, presiento que las líneas anteriores, lejos de calmar tus afanes policíacos sobre mi obra, te precipitarán con renovado furor sobre la misma. Es el precio que el artista debe pagar cuando la envidia y su hermana, la ignorancia, posan sus sucias manos sobre sus afanes. No ha sido otro mi drama desde que tengo memoria.

Antes de poner fin a este pequeño alegato por la dignidad, una advertencia muy personal: no más alusiones a Viv ni a mis hijos. Tus interpretaciones sobre asuntos familiares son —han sido siempre— apresuradas y proclives al sesgo chismoso.

Sospecho que nuestra amistad deberá ser, a partir de ahora, como la de los malogrados Georgie y Manucho: sin intimidad ni frecuentación.

Como decía Greta Garbo: *Leave me alone.*

Rogelio Novaris

El autor de mis días ha ingresado al archivo Novela y con el cursor en la barra de desplazamiento recorre, hacia adelante y hacia atrás, los sucesos de Viena desde mi instalación en el hotelucho de la zona norteamericana hasta la conversación con Calloway y Martins en el bar de la zona británica. Como antes lo hacía Alfredo de Londres, parece indagar en mis actos, revisarlos, someter a escrutiño mi conducta, las escuetas frases de mis líneas de diálogo. Ya sin nada más que beber, mis acompañantes aguardan con indisimulada ansiedad porque, hasta el momento, todo ha sido dicho.

Tras el último *mail* enviado por Alfredo, mi existencia —si así puede llamarse— ha entrado en fase crítica. Por más que el autor envíe iracundas y fundamentadas respuestas, y esgrima con astucia sus argumentos, ahora parece dudar —conducta que en el disco duro no se conoce—, vacilando entre rematar la escena del bar o regresarme al cementerio o más atrás tal vez. ¿Es la duda una consecuencia del amor, de la estafa o del desequilibrado juego de la amistad?

El modem se activa y veo, a través de mi única ventana, el rostro del autor derivando de la duda al interés, a una expresión de inédita esperanza. Detiene el insoportable mensaje-trampa que bastardea a Vivaldi y dice con voz algo aflautada:

—Novaris, diga...

—Profesor Novaris, habla la doctora Lavinia...

(Sonríe nervioso el autor, deja el *mouse*, se pasa la mano por el pelo, escaso y desordenado, se moja el labio superior con la lengua, vacila.)

—Doctora... qué agradable sorpresa, justo estaba ordenando papeles y tengo ante mí el programa de las jornadas... ayer me llegó por correo.

(Miente. Ningún papel hay ordenado o por ordenar.)

—Precisamente, lo llamo para saber si lo había recibido, aunque ya nos enteramos de que no habrá de participar. Es una pena, claro...

(El autor sonríe, como cuando escucha los mensajes que le dejan algunas mujerzuelas.)

—No se imagina cuánto lo es para mí...

—Un viaje siempre es irresistible, profesor...

—Por favor, dígame Rogelio: los títulos solo tienen cabida en la currícula. Con respecto al viaje, quisiera que me convenciera de renunciar a él.

(Renunciar a Viena, a la posibilidad de indagar él mismo sobre Lime, a discursear sobre el mismísimo Buck Dexter patrocinado por un tal Crabbin. Me desconcierta el autor.)

—¡Oh, cómo podría! Viena es mucho más tentadora que mis ponencias sobre Hallgrínsson. Pero tengo una duda: ¿Sociedad de Relaciones Culturales Británicas? Y ese autor, Dexter...

—Bueno, son esas invitaciones que de tan inusuales nos desconciertan. Una especie de epígono posmoderno de T. S. Eliot, usted sabe, el agregado cultural en Viena me conoce y la Sociedad le propuso traer a un rioplatense que lo conociera a Dexter. Me he resignado ya al aburrimiento y a la lectura apresurada de *El caballero solitario de Santa Fe*, para lo cual aprovecharé el cruce del Atlántico. Por fortuna tengo una edición bilingüe.

(Con cuánta facilidad me tranquiliza. No ha de renunciar a Viena y por lo visto nada de lo que pueda intentar la doctora Lavinia puede hacerle cambiar de parecer.)

—Es raro, no he oído nunca sobre ese poeta. ¿Existen aquí ediciones de sus libros?

—Son tan difíciles de conseguir como las de Jónas Hallgrínsson. La que tengo me la envió un amigo desde Londres, Faber & Faber con tapa dura. Pero, no hablemos más de autores ignotos. ¿Recibió mi carta?

(El silencio inmediato permite al autor mojarse otra vez el labio superior, manotear el *mouse*, quitarse los quevedos, sonreír nerviosamente.)

—Siento su voz un poco lejana...

—No se preocupe, estoy hablando a través del micrófono direccional de la computadora. Si me acerco, escuchará mejor: le pregunté si recibió mi carta.

(Ha inflexionado una voz especial, limítrofe con el ridículo y a la vez convincente, relajada. Suele ser la voz con que responde a los asedios de las amigas que no usan corpiño.)

—Claro. Le confieso que me sorprendió bastante. Nunca me pasó que a través de una carta me sintiera observada... No sé cómo decirlo, Rogelio, pero de alguna manera me arrepiento del mensaje que dejé en su contestador. Quizá estuve un poco brusca, lo admito.

(El autor sonríe y hace unos gestos extraños con sus manos, unos movimientos como de émbolos o pistones que suben y bajan. Acerca su rostro a la ventana y besa su superficie.)

—Ah, Loreley, ¡qué amables sus palabras! Necesitaba oírlas. Veo que la palabra escrita todavía tiene predicamento en los espíritus sensibles y que el género epistolar puede darme, al fin, un poco de satisfacción. Y si se sintió observada, contemplada, admirada, fue

porque mis ojos estaban en ese papel. La ima-
giné mientras escribía y he tenido la fortuna de
que usted sintiese mi mirada, arrobada y devota, devenida en párrafos inspirados en su recuerdo.

(Ahora se estruja con ambas manos la
camisa y se retuerce en un éxtasis, un temblor
de títere gobernado por el parkinson.)

—Me abruma usted, Rogelio...

—¡Y es bueno que eso suceda, Loreley!
No debemos temer expresarnos en concordan-
cia con nuestros arrebatos más auténticos. Si
usted me lo permite, le escribiré todos los días
desde Viena. No quisiera que Hallgrínsson aca-
pare su preciosa sensibilidad.

—¡Sublime melancolía de la distancia,
dame el fervor para atravesar tu bruma!

(El autor hace una fea mueca, se acerca
al micrófono, duda.)

—¿Qué?

—Jónas Hallgrínsson, "Oda a Saemund
el Sabio": ya ve cuánto se pierde al no asistir a
nuestras jornadas.

—Ni por un momento dude de que no
imagino esa pérdida.

(Sus manos simulan aferrarse a pelotas,
a esferas enormes e inabarcables.)

—¿Entonces no irá, *malito*?

(Lo dijo: esperaba esa expresión que el
autor aprueba con un mohín baboso, compla-
ciente, mientras los globos se desvanecen. La

doctora Lavinia ha pasado con satisfacción el *test*.)

—Lo siento, muñeca, no puedo fallarle a Crabbin allá en la tierra del vals. Pero concédame la ventura de aceptar una copa y una disculpa personal.

(Hace como que baila, cierra los ojos, parece un imbécil.)

—¡Mmmm! Yo diría que sería mejor a su regreso, así conversamos sobre Dexter.

—Por favor, alivie mi desolación de este momento. ¿Qué tal esta noche en el Café dos Mundos? ¿Lo conoce?

—Suena tentador, sí, lo conozco.

—Acepte, Loreley, pasaremos una agradable velada.

(Inclina su cabeza, junta sus manos y las eleva hacia el techo.)

—Está bien, ¿le parece bien a las nueve?

—A esa hora allí estaré.

—*Ciao*, profesor.

(Ella ha colgado y el autor parece flotar en una nube. Una aureola verdosa y fosforescente lo rodea. Con el documento abierto y todos nosotros aguardando en el café, él se desentiende del trabajo y sale apresuradamente de la habitación. En pocos segundos, el protector de pantalla va a activarse y los haces multicolores empezarán a cortar la ventana, a barrerla en lentas diagonales que se entrecruzan con una cadencia hipnótica. Por un tiempo eso resulta entretenido. Después, el sistema entra en modo de reposo y la negrura será absoluta.)

—¿Usted es de la policía? —me dice.

—¿Por qué me lo pregunta? —respondo.

—Siempre he detestado a los policías; cuando no son deshonestos son idiotas.

—En realidad soy escritor.

Vi que apartaba suavemente la silla con el objeto de cortarme el paso. La mirada de Calloway alertó al camarero, que comprendió enseguida. Era la ventaja de frecuentar siempre el mismo bar.

—El escritor aquí soy yo —aclara Martins.

—Esa es una frase de novela barata —tercia Calloway.

—Escribo novelas baratas —contesta enseguida Martins.

—¿Y usted qué escribe, Wallace? —inquiere Calloway.

—Conteste, maldito impostor —exige Martins.

—Preferiría no hacerlo —digo.

—¿Ha vivido usted en América?

—Deje que responda lo anterior, Calloway —dice Martins.

—No. ¿Es un interrogatorio? —pregunto.

—¿Qué significa esa insinuación? —repone Calloway.

—¿Usted es de la policía? —tercia Martins.

—Sí —admite Calloway.

—¡Ah! ¡Usted es como todos! Supongo que habrá descubierto algún sucio negocio con la nafta en el mercado negro y como no consigue encontrar al culpable se encarniza con un muerto. El clásico procedimiento de la policía. Pero dígame, por lo menos ¿es usted un verdadero policía?

—Sí, de Scotland Yard. Pero cuando estoy de servicio me pongo el uniforme de coronel.

El autor de mis días no solo copia. He descubierto que altera líneas de diálogo y confunde roles. Es evidente que Martins tiene razón: no hay cabida para dos escritores en esta historia. Ya no la había para dos íntimos amigos de Harry Lime. Me asombra el aplomo de Calloway, su impávida actitud ante ese doble fastidio que se supone somos. No tengo más remedio que insistir, imponerles mi certeza sobre las actividades de Lime:

—No se trataba de nafta —digo y Martins me mira como para fulminarme. En ese momento él se halla entre la puerta y yo. No puedo alejarme de la mesa sin entrar en su radio de acción. Por otra parte, no me gusta la camorra. Martins tiene varios centímetros de estatura más que yo.

—Neumáticos, sacarina... ¿Por qué los policías no prenden a algún asesino, para cambiar? —protesta Martins, esta vez desafiando a Calloway.

—En el caso de Lime se puede decir que el asesinato formaba parte de su renglón —repone Calloway y yo asiento.

Martins voltea la mesa y lanza su puño contra Calloway. El alcohol le hace errar sus cálculos. Antes de que pueda precipitarse de nuevo sobre él, el chofer del militar se apodera de Martins y lo sujeta fuertemente.

—No lo trate demasiado mal —le digo—. No es más que un escritor que ha bebido demasiado.

Las resacas del autor de mis días suelen ser lentas y propensas al olvido de lo que sucedió antes de la bebida. Las consecuencias más graves para mí son la extrañeza ante lo escrito en las horas previas y la consecuente necesidad de cambiar, corregir, alterar y muchas veces borrar pasajes enteros de mi existencia.

Los hechos en el café de la zona inglesa habían concluido en una pelea, en forcejeos de Martins con el chofer de Calloway, en la confusión de nombres por parte del escritor, llamándolo varias veces Callaghan, en desafíos y promesas del belicoso amigo de Lime, en amenazas del inglés de expulsarlo de Viena, poniéndolo al otro día en un avión a Londres. Yo asistí impávido a la pelea, como si de pronto el autor me hubiera sustraído de la escena. No obstante había logrado saber más. Para empezar, era, soy, también un escritor, aunque sin saber qué cosas escribo. Probablemente no sean *westerns*. En cuanto a Harry, averigüé lo suficiente como para inquietarme: ya sabía que se dedicaba a un comercio fraudulento, porque el sueño del autor así me lo impuso. En el bar, la comprobación fue absoluta: "Era, sin discusión, el más inmundo traficante, del peor mercado negro que se hace en esta ciudad", dijo Calloway, que se me antoja conoce esta historia desde el revés de la trama.

En carta a Alfredo de Londres, el autor ha expresado su pretensión de salvar a Lime para mejorar a Greene. ¿Salvar a un muerto? ¿A un traficante de mercancía adulterada? Confieso estar cada vez más perplejo y desconfiar con fundamento de lo que me aguarda.

Hace varios minutos que, tras abrir el documento Novela, el autor permanece quieto y mirando fijamente la pantalla a través de la cual puedo verlo. Otra vez, su aspecto es deplorable: abotagado y con la barba crecida, los ojos turbios y un ostensible cardenal en el pómulo izquierdo. Viste apenas una camisilla manchada de restos de comida. Todo indica que la cita en el Café dos Mundos pudo prolongarse o derivar en situaciones no previstas en la amable conversación con la doctora Lavinia. Cualquiera en el disco duro conoce esa tendencia del autor a involucrarse en situaciones confusas cuando traspone el límite de los tres *whiskies* después de la medianoche. La marca en su rostro puede ser un indicio inquietante: ha reincidido en su desagradable propensión al conato, a la gresca fácil por un quita de ahí tus sucias manos sobre el asunto que sea. Que es un redomado pendenciero queda demostrado por la frecuencia con que es agredido. De palabra y de hecho, vía modem o en persona.

Arriesgo una hipótesis: Boris —el misterioso e insultante Boris, acreedor enardecido— bien pudo cruzarse con el autor en el frenesí de algún tugurio amenizado por un trío melódico. "Rata de la cultura", lo llamó, y en nuestra sagrada memoria quedó registrado. Pero, ¿quién de nosotros sabrá jamás qué sucedió realmente?

Miro a través de la ventana y me sobrecoge la distancia insondable que nos separa. Está allí y puedo verlo, envuelto en una niebla gris, opaca, que fluye desde sus alas truncas y lo baña como un lamento. Lo terrible es saber que nuestras esencias son tan distintas, que pertenecemos a dimensiones tan lejanas como misteriosas.

Él me ha creado, es todo lo que sé.

Domingo, 03:06:09 PM

Hola, en este momento no puedo atenderlo. Después de la señal, deje su nombre y número de teléfono, que a la brevedad le responderé.

Habla Harry, sé que estás buscándome, aunque todavía no sabes para qué. Un caso patético, claro, teniendo en cuenta que el viejo Graham murió hace años y Viena ya no es lo que era. En realidad nunca me sacaron de las cloacas y mi segundo entierro fue tan falso como el primero. Pero no hablemos ahora de finales aleccionadores, de tiros de gracia y toda esa parafernalia del deber. Estás invocándome y perpetrando correctivos para el trabajo de otro. Ni tú mismo te lo crees, viejo. Ya tendrás de nuevo noticias mías. Sólo quería saludarte. A propósito, esta especie de máquina del tiempo, absurda como todo lo que pretende ser práctico, con esa música tan inapropiada —tan presuntuosa, me animaría a decir— es otro de tus afeites de payaso solitario. El viejo Graham se dislocaría la mandíbula de reír. Tu amigo tiene razón, eres un plagiario de la peor estofa. Hasta pronto...

No salgo de mi asombro: el señor Lime ha llamado y se me ocurre que algo no está sucediendo como debiera. Las acusaciones llueven; también él lo ha calificado de plagiario. Se ve que es *vox populi*. Desde esta negrura insondable, nada puedo hacer para descifrar el enigma. A quién debo mi existencia: ¿al autor, a Greene, a Microsoft Word versión 5.0?

No obstante, el sistema de captura ha logrado un gol: el misterioso y evasivo Lime, que se supone está enterrado en el Cementerio Central de Viena, existe y habla. Su voz es extraña y por el timbre parecía provenir del monedero de alguna cantina. La mayoría de los llamados que el sistema recibe y copia son así: tienen un eco de conversaciones animadas, de risas perdidas, de vidrios que entrechocan. Tal vez el mundo del autor sea eso: un prolongado sucederse de brindis, discusiones y furtivos llamados a deshora para comunicarse con personas ausentes. Nunca hay nadie del otro lado, solo sofisticados captores capaces de recitar una única frase y aguardar el parloteo consecuente de alguien incapaz de articular más de dos pensamientos con sentido. Y lo que ha dicho Harry de la música, me parece exacto. "Afeites de payaso solitario." Hace un tiempo, en vez de Vivaldi le había dado por los grandiosos coros de *Carmina Burana*. Vana estrategia para simular el prestigio.

¡Oh, se está abriendo el programa de texto mientras el autor escucha el mensaje grabado por Lime!

Domingo, 11:09:33 PM

Ha escuchado la grabación decenas de veces mientras deambula por la habitación. Nosotros —Martins y yo— hemos quedado en el *lobby* del Hotel Sacher, al que nos condujo Paine, el chofer de Calloway. Por alguna razón el autor parece haber olvidado que yo estoy alojado en un miserable hotelucho de la zona norteamericana, que no tengo dinero para gastar en Viena y que Martins recela de mi presencia. El conserje del hotel nos pregunta si tenemos habitación reservada, a lo que ambos respondemos que no. Cuando el empleado aclara que él pensaba que Martins era en realidad "míster Dexter" —para quien sí hay reserva— el amigo íntimo de Lime responde con entusiasmo que él es Dexter. "Tenemos un cuarto reservado por una semana a nombre de míster Dexter", informa el conserje.

A consecuencia de la pelea en el bar, el rostro de Martins está tan magullado como el del autor, por lo que debe cubrirse el labio superior con un pañuelo. En el momento de firmar su ficha de alojamiento, una voz se alza junto a él:

—Lamento que nadie lo haya esperado en el aeropuerto, míster Dexter. Me llamo Crabbin.

Y así hemos quedado: Martins registrándose en el Hotel con su labio hinchado, alguien llamado Crabbin presentándose y yo, incómodo y sin dinero útil, disponiendo de preciosa información sobre Harry Lime, pero incapaz de utilizarla.

El mensaje grabado ha tenido un efecto paralizante sobre el autor de mis días. Tras la decimotercera reproducción, abandona la escucha y se desploma en la silla frente a la pantalla. Tiene el rostro demudado y pálido, por lo que el magullón del pómulo es más notorio. Con un hilo de voz, conjetura:

—Tiene que ser Alfredo... nadie más puede estar enterado, estúpido bromista. Además se alude: "tu amigo de Londres", maldita bazofia.

Con gesto resignado, mueve el *mouse* y lleva la flecha del cursor al icono *Answer calls*, activa la ventana con el menú de opciones y despliega el detalle de los documentos guardados. Señala el último y lo borra. ¡Ha borrado una prueba!

Abre el documento Apuntes para Nov. y escribe:

Que la realidad intervenga en la ficción es comercio inevitable. Agotadas las arcas de la imaginación y apremiados por lo verosímil, muchos autores renuncian a la invención de personajes y condescienden en apelar al disponible stock de los seres reales e históricos. Así, en complicidad con la crónica periodística, el archivo histórico y la memoria plural, se complace al imaginario popular suministrándole vidas noveladas de personas que alguna vez existieron o existen.

Desde César a los Kennedy, pasando por toda la gama de cantantes, gángsters, dictadores, estafadores, escritores, artistas de *variété*, genios de la pintura y la música, inventores, deportistas, magnicidas, travestis, falsificadores, fenómenos circenses, drogadictos o aburridos filántropos, la escritura construye vidas sobre vidas, modifica o reafirma la verdad histórica y probablemente falsa, y confiere status de personaje a quien en suma ya tuvo su lugar en las habitaciones de la fama. La invención en torno a ellos siempre será escasa, condicionada por los fastidiosos biógrafos y proclive a la empatía con los parámetros de lo creíble.

Otros autores aplican la lógica inversa y enriquecen el mundo con existencias que, como la enciclopedia de Tlön, suponen otra realidad. Cualquiera sabe ahora que Emma Bovary existió, como también Leopold Bloom o Díaz Grey. Y Sherlock Holmes, Moby Dick y Bartleby el escribiente.

No menos cierta y necesaria se me antoja la presencia de Harry Lime. No por encarnar al inmundo traficante que Greene le deparó, merecía el olvido tras los repetidos menesteres funerarios de la trama de *El tercer hombre*.

Que la realidad se contamine de ficción se compadece con cierta lógica. Que la ficción cohabite con la realidad establece un juego más estimulante. El que quiera que esté jugando a ser Lime, bienvenido sea.

Rogelio:

Cuánto lamento que nuestra apasionada discusión no pueda desarrollarse cara a cara y sin los inevitables lapsos temporales que la distancia nos impone. No puedo creer que todavía sigamos empantanados en cuestiones que, de tan obvias, no merecen ser analizadas.

En estos días he procurado distanciarme del calor de los argumentos, olvidar cierto tono tuyo despectivo, imponerme una serenidad que permita continuar el diálogo, sin menoscabo de nuestra amistad. En esas operaciones, he revisado con objetividad mis propias posturas, indagando con imparcial empeño en los motivos últimos de tu proyecto. Debo concluir, tras profundas cavilaciones, que estás en serias dificultades.

Confieso que en un primer momento el árbol me impidió ver el bosque. Me distrajo lo anecdótico, la desaforada idea de tomar la obra de un autor indiscutido y consagrado de este siglo para enmendarla. Centré mis afanes en defender a Greene y su novela, cuando el problema en realidad es de otra índole. *El tercer hombre* es, apenas, el síntoma de una catástrofe, de un desarreglo que, de no ser enfrentado con severidad, desembocará en la locura.

Es Greene, pero pudo ser Felisberto Hernández o Kafka. De haber estado en el pellejo de Max Brod, no solo habrías rescatado *El castillo* de la postrer voluntad de tu amigo Franz, sino que además, *lo habrías terminado.* También te habrías animado a concluir *El último magnate* de Scott Fitzgerald o evitado que Jay Gatsby muriese de manera absurda. En tu furor actual serías capaz de escribir el octavo tomo de *A la búsqueda del tiempo perdido* o el quinto de *El cuarteto de Alejandría.*

Quiero creer que se trata solamente de la extraña contracara de tu falta de inspiración o una insólita consecuencia del desbarajuste de tu vida familiar. No obstante, algo he de advertirte: no voy a quedarme cruzado de brazos mientras tu juicio se desbarranca.

Me permito esta pequeña pausa en mi razonamiento para demostrarte hasta qué punto procuro ser generoso con un amigo en desgracia. Hace unos días pasaba cerca del jardín y del reloj de sol de Pickering Place, reservado solo para los que pueden comer y beber sin importarles la adición. A pocos metros de allí muere St. James Street, con sus exclusivos pubs, los clubes aristocráticos y el palacio de St. James. Imagina un olor, indefinido, único, discreto y triunfante: el olor del dinero. Todavía se ve sombreros de hongo y la mayor concentración mundial de Rolls por yarda cuadrada. Un reducto donde aún hoy el siglo XVIII parece pervivir en mansiones que ignoran el paso del tiempo. Allí, en ese extremo comercial de St. James, en una casa angosta sobre el bar de ostras más elegante de la City, vivió en una época Graham Greene y seguramente escribió. Dicen que en una habitación tapizada de libros prolijamente encuadernados, apenas adornada por dibujos al pastel de Henry Moore y una exhaustiva colección de botellas de *whisky* en miniatura, alineada como la vanguardia de un ejército sobre uno de los estantes de la biblioteca.

Me detuve ante el lugar donde se supone estaba la casa, mientras una llovizna pertinaz, una garúa de tango que suele fastidiar tanto por allá, iba expandiendo borrones líquidos sobre las cosas. Con el cuello de la gabardina levantado y el paraguas abierto esperé una señal, un signo desde el pasado, la insinuación de un eco proveniente de las botellas o los libros. Nada.

¿Qué quiero decirte con esto? Que dejes a Greene en paz. Que abandones ese proyecto insensato. Su obra está concluida, cerrada definitivamente. Él y todas las personas vinculadas a *El tercer hombre*, murieron: desde Alexander Korda a Carol Reed; Orson Welles y Joseph Cotten, el citarista Karas, Alida Valli y Trevor Howard. No queda nadie, Rogelio. Y créeme que no hay nada que mejorar, porque novela y película fueron, son, perfectas. Es absurdo lo que afirmas sobre la rendición de Greene ante el celuloide. Simplemente expresó, en el famoso prólogo, un sincero y muy británico elogio, el reconocimiento a la formidable realización de Reed. Pero fue Greene el factótum de la idea a partir de la frase en el dorso del sobre. Harry Lime y todo lo que anima a *El tercer hombre* son su creación absoluta.

¡Y no me digas que no me meta! Este asunto es ecuménico. Los miles de lectores del maestro harían causa conmigo si se enteraran de tus disparatados toqueteos de su obra. Pero reitero, lo importante no es Graham Greene ni *El tercer hombre*. Lo decisivo es que no tienes capacidad para entender tu propio drama.

Abrigo la sincera esperanza de que estas líneas te disuadan de seguir en ese absurdo error. Y también deseo fervientemente que entiendas que lo único que persigo es salvarte del ridículo.

Recapacita, amigo.

Alfredo

Miércoles, 12:23:33 PM

—¿Ha leído alguna vez un libro llamado *El caballero solitario de Santa Fe*? —pregunta Martins.

—No, no creo —repone Crabbin.

—Yo tampoco —digo. Ni ese ni ningún otro, debí agregar.

Martins me mira otra vez con desprecio, fastidiado detrás del pañuelo con que enjugaba la sangre de su labio.

—El *sheriff* de una ciudad llamada Lost Claim Gulch —dice Martins— mató al mejor amigo de ese caballero solitario. El libro cuenta cómo persigue al *sheriff*, sin hacer nada ilegal, hasta que consigue vengar a su amigo.

—Nunca hubiera creído que usted leyera historias de *cowboys*, míster Dexter —dice Crabbin, y Martins no puede impedir que yo conteste:

—¡Pero si las escribe!

De pronto había comprendido el significado de *western*. Martins volvió a mirarme con irritación, mientras Crabbin seguía ignorándome. Antes, y refiriéndose a Martins, el joven y regordete Crabbin había confesado que cuando él era apenas un niño ya pensaba que Dexter era el más grande novelista del siglo.

—Tiene usted un vasto público austríaco, míster Dexter —había informado— tanto para sus originales como para sus traducciones. Aquí se lee mucho *La proa curvada*, que es el que yo prefiero.

Martins no cesaba de reflexionar.

—¿Usted dijo un cuarto por una semana?

—Sí —confirma Crabbin.

—Muy amable de su parte.

—Míster Schmidt, aquí presente, le dará todos los días sus bonos de alimentación. Pero supongo que necesitará un poco de dinero de bolsillo. Nos ocuparemos de eso. Hemos pensado que mañana preferiría pasar un día tranquilo, paseando y aclimatándose.

—Sí.

—Por supuesto, si necesitara un guía estamos a su disposición. Pasado mañana, a la tarde, habrá un pequeño debate en el Instituto, sobre la novela contemporánea. Hemos pensado que usted aceptaría decir algunas palabras para abrir la sesión y luego contestar algunas preguntas.

—¿No ha oído hablar de Harry Lime? —digo con el convencimiento de que no era yo quien debía formular esa pregunta.

—Sí —responde Crabbin con prudencia y sin mirarme— pero no lo conocía personalmente.

—Yo sí. Era mi mejor amigo.

—¿Otra vez eso? —farfulla Martins, tras el pañuelo.

Por fin, Crabbin descubre mi presencia, como antes lo habían hecho Calloway y el propio Martins. Con asombro dice:

—Nunca hubiera supuesto que... que se interesara por la literatura.

—El escritor aquí soy yo —protesta Martins, mientras deja el pañuelo para intentar asirme por las solapas. Puedo apartarme a tiempo. Los párpados de Crabbin tiemblan nerviosamente tras los anteojos de carey.

—En todo caso se interesaba por el teatro —dice en tono conciliador—. Una de sus amigas, una actriz, toma lecciones de francés en el Instituto. Él vino a esperarla una o dos veces.

—¿Joven o vieja? —pregunta Martins, ya desinteresado en golpearme.

—Joven, muy joven; actriz mediocre, a mi modo de ver.

Jueves, 02:43:51 AM

Los mensajes telefónicos capturados por el sistema no han dejado de asediar al autor de mis días. Es como si los interlocutores supieran que él no está y aprovechasen el pitido posterior a los sones de Vivaldi para vaciar sus almas en treinta segundos:

Rogelio... habla Viv... habías prometido pagar el depósito de la garantía. Berni llamó y no supe qué decirle. Sabía que esto iba a pasar porque hace tiempo que dejaste de ser una persona sensata y confiable. Natalia tuvo que darme lo que tenía guardado para el verano y el Pecas le pidió al patrón un adelanto... como siempre ellos terminan remediando tus macanas. ¿Nunca estás para atender el teléfono o te gusta jugar a las escondidas? Rogelio: ¡morite!

Novaris, te habla Boris, un vez más te lo digo: pagame. Tengo apalabrado al cerrajero y esta noche voy para ahí y abro todo. Me llevo lo que encuentre, Novaris, no dejo nada, ni las bombitas de luz ni esta máquina de mierda que te alcahuetea. Voy a estar a las siete en el bar Congre-

so y te doy media hora para que aparezcas con la plata. ¿Me escuchaste, infeliz?

¿Rogelio? ¿Cómo está el pómulo? Quedé tan nerviosa desde la otra noche... esos coreanos suelen ser peligrosos y usted se excedió. Intenté llamarlo varias veces y siempre me atiende este artefacto. No sé qué pensar. ¿Adelantó su viaje a Viena? Le pido por favor que me llame a la Academia o a casa.

Hola, plagiario: habla Harry... ¿estabas extrañándome? Yo también. Te estás demorando mucho en prolegómenos y perdiendo el tiempo, como hizo el tramposo Graham. Rollo, Crabbin, Ana Schmidt, Kurtz, el propio Calloway, un tal Cooler, todos hablando de mí y postergando mi aparición. Pura técnica novelística: la construcción de un personaje desde su ausencia. En el fondo me temen, soy el mal, el maligno oculto en la helada Viena. Un desperdicio, teniendo en cuenta todo lo que puedo decir al respecto. Espero que asumas que yo soy la esencia de esa historia. ¿Qué tal tu rostro? Veo que tu afán de emulación te hace imitar a tus personajes. ¿Tuyos? Bueno, aquí hay una pequeña confusión: no es fácil andar en los zapatos de otro, por más Wallaces que inventes. Pero yo puedo enseñarte algunos trucos del viejo Graham. Hasta un día de estos, viejo...

Ha escuchado todos los mensajes y no se decide a hacer nada. Con el documento Novela abierto, parece dudar entre darse una ducha o incurrir en la felonía de copiar el texto de Greene.

—Harry Lime —murmura, y mueve lentamente su cabeza en una negativa—... ¿Cómo sabe que me golpearon? —dice y se toca el pómulo, todavía hinchado y con una marca carmesí—... Tal vez Bauprés Samaniego en combinación con García y la única testigo del incidente, Loreley. Es eso... quieren burlarse. Han contratado un actor que simula ser Lime. Alfredo conspira a distancia para destruir mi proyecto y sus contactos aquí todavía funcionan. ¡Cómo no me di cuenta! Hasta el coreano debe de estar involucrado. Primero el encontronazo en la puerta del baño, luego la torpe reverencia ante la doctora, el sórdido parloteo en su lengua basta y marineril, y la sonrisa imbécil. Una comedia para irritarme y hacerme perder el control. Todo armado para introducir un detalle que haga incontrovertible la presencia de Harry. Mi pómulo es una rosa traída del paraíso, la prueba de que es un fantasma omnisciente y ubicuo...

Obsesivo, escucha otra vez el mensaje de Harry Lime:

En el fondo me temen, soy el mal, el maligno oculto en la helada Viena...

Rebobina y se empeña en oír ese pasaje. De pronto sonríe, la mandíbula inferior le tiembla, parece transpirar, presa de una gran excitación.

—¡Por cierto que esa es la clave! —exclama y con apresurado gesto, busca papel y un bolígrafo. Enseguida anota, con incomprensibles signos, algo que se me antoja vital. La modalidad de escritura manual es rara en él, por lo que infiero que el hallazgo es tan importante que no admite la demora de abrir un nuevo documento en el programa de texto o recurrir al accesorio Block de notas.

Mientras tanto, Martins, Crabbin, el conserje y yo permanecemos atentos y aguardando ulteriores acciones o dialogados en el penumbroso *lobby* del Hotel Sacher. ¿Debería confiarle a Martins todo lo que ya sé sobre Lime? Tal vez, pero eso no depende de mí. Imagino su expresión contrariada y agresiva, el labio hinchado y sus comentarios iracundos. En todo este tiempo he llegado a algunas conclusiones sobre la escritura y la existencia, pero no sería prudente expresarlas aquí, ante un escritor de *westerns* y un empleado de conserjería. Mis días no me pertenecen, creo. Ni una sola idea, ni media palabra, ni ese destello misterioso llamado deseo.

Envuelto en una nube amarilla y vaporosa de la cual emergen encabritados peces con rostro felino, el autor de mis días sigue anotando en el papel, olvidado de mí y entregado al mágico furor del descubrimiento y la invención.

Sábado, 10:25:49 PM

Estimada Loreley:

Sé que nada que pueda escribir ahora disminuirá el bochorno que cubrió a mi persona noches atrás. No entiendo qué pudo sucederme para que estropeara una velada que, hasta el momento de la aparición del indeseable coreano, transcurría gobernada por el deleite. Pese a ello no dude en creer en mi genuino arrepentimiento. Y espero comprenda que si actué como lo hice fue bajo el mandato del irrenunciable deber de caballero. No fue otra mi intención, por más que los medios empleados para expresarla fueran, sin excusas, vulgares y desprovistos de eficacia.

Afligido aún, me atrevo a garabatear estas líneas para expresarle primero mis disculpas y rogarle, en segundo término, una nueva oportunidad. Mi extravío actual es tal que, incapaz de afrontar el viaje transoceánico y las agotadoras jornadas en Viena, me he excusado de asistir bajo el pretexto de un repentino lumbago. Que Crabbin y el ignoto Buck Dexter me perdonen, pero mi lugar está aquí, ardiendo en deseos de verla y borrar la mala impresión de aquella noche.

Soy consciente de que se preocupó por mi estado y el mensaje grabado atesoró no solo su voz, sino una inédita versión de la ternura. Bastó oírla para que el alivio confortara mi herida. No obstante, una duda me agobia en estos momentos. ¿Comentó con alguien el incidente? Por favor, no me malinterprete: en caso de haberlo hecho, estoy seguro de que no hubo malicia. ¿Recuerda algún testigo de los hechos? Tal vez no me entienda, pero tengo la sensación de que alguien armó todo como parte de una conspiración que busca desacreditarme. Pero no me haga caso, se trata de simples conjeturas.

Volviendo al presente, voy a enviarle este mensaje sin más aspiraciones que las del sediento que, extraviado en la vastedad desértica, se arrastra alucinado en busca de la fuente salvadora.

No he tenido el valor de llamarla por teléfono. Por favor, Loreley, no deje que muera de sed.

Suyo y febril,

R.N.

Alfredo:

Dicen que el empeño es la inteligencia de los torpes. Considerando tu actitud, comprendo que la perseverancia es un combustible inagotable y que probablemente este sea un diálogo de sordos. Aun así, no me queda más remedio que hacer mi movida en este juego absurdo.

Tus pedantes reflexiones ante la finca que fue de Greene, la especulación sobre el árbol y el bosque, tu ceguera para considerar que a lo mejor yo puedo tener razón, etcétera: todo no hace más que expresar la radical grieta que nos separa. Pero ahora la cuestión es otra: mientras tú te devanas los sesos buscando argumentos en contra de mi proyecto, las fuerzas del mal han pasado a la acción directa.

Me consta que desde la lejanía brumosa en que me juzgas esto es inconcebible. Pero no puedo encontrar otra explicación para las sucesivas catástrofes que he sorteado en estos días. Desde la cobarde agresión de la que fui objeto por parte de un asiático, a las minuciosas burlas que me gasta alguien que simula ser Lime. Su voz invade mi contestador telefónico en alternada secuencia con las amenazas de un desagradable acreedor conchabado con un cerrajero. No cuento en esta escalada de violencia las esperables quejas de Viv, reclamándome el dinero que no gano y chantajeándome con el Pecas y Natalia. Y en medio de ese asedio que no puede ser casual, sino orquestado por la conjura de los mediocres, tú te afanas sin tregua en perturbarme con advertencias de tía vieja.

¿Es que un posgrado en Biología genética conduce también a la imbecilidad? No puedo aceptarlo. Tampoco puedo dejar de reflexionar en las inquietantes coincidencias que saltan a la vista en este proceso. Mis desventuras comienzan tras el lamentable descuido que llevó hasta tus manos un fragmento de mi obra. Ello se enlaza con la invitación de la Academia de Traductorado y Exégesis que un siniestro personaje llamado Bauprés Samaniego me enviara en esos días. Desde entonces un sutil dédalo de dificultades ha entorpecido mi escritura. Siento que un complot ignominioso se ha puesto en marcha y que el ataque del coreano del Café dos Mundos es apenas un signo, una advertencia.

No quiero abundar en sospechas, pero me gustaría saber de qué lado estás en este asunto.

Es probable que te ofendas ante la pregunta, no obstante envíame cuanto antes tu santo y seña.

Rog. Nov.

Martins estaba cansado y se dio cuenta de ello cuando se extendió sobre la cama sin haberse sacado los zapatos. Un minuto más tarde estaba lejos de Viena y caminaba en un bosque tupido donde sus pies se hundían en la nieve hasta los tobillos. Una lechuza ululó y Martins se sintió bruscamente muy solo e intranquilo. Estaba citado con Harry bajo un árbol determinado, pero en un bosque tan denso como este, ¿cómo distinguir un árbol de otro? De pronto entrevió una silueta hacia la cual corrió: el hombre silbaba una tonada que Martins reconoció, y su corazón pegó un brinco de alegría y de alivio al saber que ya no estaba solo. Pero el otro se volvió y no era Harry, era un desconocido, de pie en un espacio fangoso de nieve sucia y derretida; reía sarcásticamente mirando a Martins, en tanto la lechuza ululaba sin tregua. Martins se despertó sobresaltado; un teléfono sonaba junto a su cama.

Una voz en la cual se adivinaba un dejo, sólo un dejo, de acento extranjero, preguntó:

—¿El señor Martins?

—El mismo.

Para variar, era él, y no Dexter.

—Usted no me conoce —aclaró inútilmente la voz—, pero soy un amigo de Harry Lime.

El autor de mis días ha regresado a la novela, pese al complot que se cierne sobre él y con su pómulo en franca mejoría. Los acontecimientos recientes no dejan de inquietarme: amenazas, viajes cancelados, ruegos de perdón, chantajes varios. ¿Cómo es posible que mi historia progrese en medio de tamaño caos? Ahora mismo, la situación me preocupa. Estoy en la habitación de Martins mientras este atiende un llamado luego de soñar con alguien en un bosque.

No sé cómo llegué al cuarto. Recuerdo que Martins y el señor Crabbin hablaban de esa actriz amiga de Lime, Ana Schmidt, de mediocre talento según escuché decir. Ni siquiera es austríaca sino húngara. Se sospecha que Harry le consiguió papeles, documentación falsa para ponerla a salvo de los rusos. Dicen que es bonita pero que su nombre es demasiado anónimo para ser verdadero.

Estoy de pie en el pequeño vestíbulo de la habitación mientras Martins conversa con alguien que le infunde cierta perplejidad, a juzgar por el tono de sus palabras. "No me ha dicho su nombre", comenta Rollo y luego le propone al presunto desconocido encontrarse al otro día en el Old Vienna. Enseguida pregunta: "¿qué quiere decir?", y luego aclara: "puedo aguantar hasta que nos encontremos".

Luego de colgar el tubo, Martins levanta la vista y me ve. Se había acostado completamente vestido y ahora su traje lucía arrugado. Me siento como muchas páginas atrás, al comienzo de mis días, cuando aguardaba en mi cuarto del hotelucho de la zona norteamericana una llamada que nunca llegó. Sin duda, Martins ha tenido más suerte, aunque lo suyo es obra de Greene.

El amigo de Lime se incorpora y nos miramos. Comprendo que no puedo justificar mi presencia, porque el autor ha prescindido de todo hiato para llevarme del *lobby* del Hotel Sacher a la habitación de Martins, a la incomodidad de no saber qué decir cuando el hombre pregunta:

—¿Usted aquí? ¿Cómo entró? ¿Qué absurda persecución es esta?

—Tengo noticias de Harry Lime —respondo con absoluta convicción y me siento en la silla junto al pequeño *secrétaire*.

—¿Harry? Desaparezca, no entiendo cómo llegó hasta aquí ni para qué, pero ya me ha fastidiado bastante.

—Es solo una demora, pura técnica novelística.

—¿Qué?

—Por lo que sé, la clave de toda esta historia está escrita en el dorso de un sobre. Debería buscar a un tal Alexander Korda.

Martins se acerca hasta que puedo ver su odio refulgiendo en la mirada. Todavía tiene el labio superior un poco hinchado.

—¿Lo manda Kurtz, verdad?

—No sé quién es Kurtz.

—Un testigo de la muerte de Harry. ¿Korda, dijo? Usted me cae mal desde que lo vi en el cementerio. Aunque ahora me doy cuenta de que trabaja para Calloway, ¿verdad?

—Conocí a Harry en el colegio. No era buen alumno según el concepto de los profesores, pero, ¡qué cosas inventaba! No sé por qué me vincula con Calloway, que vive ignorándome.

—¡Vamos! Otra vez esa historia. ¿Dónde obtuvo esa información sobre Harry? Yo fui su compañero, a mí me llamó a Viena para que escribiera el artículo sobre los refugiados, yo debía encontrarme con Harry.

El rostro de Martins está a escasos centímetros del mío, como cuando el autor se acerca a la ventana para inspeccionar la ortografía de sus párrafos. Está a punto de tomarme otra vez de las solapas.

—Una de las cosas que me gustaban en Harry era su sentido de lo cómico —digo, sin poder imaginar algo en qué basar la afirmación.

—Esto no tiene nada de cómico, me- quetrefe. Por su bien, váyase, desaparezca. Y dí- gale a Calloway que no mande a otro pelmazo en su lugar.

—El problema aquí es que usted va a traicionarlo —digo y el furor de Martins pare- ce congelarse.

—¿Traicionar, a quién?

—A Harry, claro. Es la única forma que tienen de atraparlo.

Martins no puede contenerse y se aba- lanza sobre mi cuello, rojo de ira. Como puedo intento apartarme, pero el alcohol ya se había evaporado entre los árboles del bosque miste- rioso. Con facilidad me levanta de la silla y me arrastra hacia la puerta, haciéndome trastabi- llar. Antes de que me empuje contra la madera, veo la tarifa del hotel clavada con una chinche. El golpe en la espalda me quita el aire.

—No quiero que me siga más, ¿entien- de?, impostor.

Abre la puerta y con violencia me arroja al pasillo. Luego da un portazo y corre el cerrojo.

Rogelio:

Desde ya me resulta penoso responder a tus últimos desvaríos. Lo hago, como creo haberte dicho, por un deber cuasi científico. Quiero comprobar hasta dónde puede llegar tu manía persecutoria. Coreanos belicosos, desconocidos que fingen ser personajes de novela para atormentarte, cobradores que te amenazan con cerrajeros, mujeres chantajistas. Y yo, desde Bedford Row, Bloomsbury, dirigiendo el complot. Porque eso es lo que, de manera solapada, das a entender en tu último *mail*.

Dudo entre reírme o suspender ya mismo nuestra larga amistad. Me detiene un sentimiento que tú sueles despreciar: la piedad. Evoco episodios del pasado y encuentro un Rogelio diferente del que hoy se esmera en ofenderme. Es cierto: todo comenzó por ese extraño error de comunicación que tanto lamentas. Pero, insisto, no soy yo el responsable de la infidencia. De esa circunstancia a tu ruina actual no hay más que pifias de tu parte.

Me pides santo y seña, como si tu soberbia fuera una fortaleza inexpugnable en la que crees estar seguro. De lo que nadie, jamás, está a salvo, es de sí mismo. Mírate: empantanado en la ciénaga del vacío creativo y enredado en un absurdo proyecto que mezcla el plagio con la arrogancia. Como inevitable consecuencia, la duda y un recóndito sentido de la dignidad te atormentan. Entonces tu mente arma la coartada clásica de los paranoicos: están todos contra mí y el mundo entero conspira para destruirme.

Deberías tratarte y esto lo digo con total convencimiento. Puedo sugerirte nombres, gente con experiencia. Claro, sin tu cooperación será inútil.

No encuentro qué más decirte. Me siento embargado por un extraño sentimiento de desamparo. La distancia que la tecnología puede abolir es, paradójicamente, cada vez más grande entre nosotros. Estamos convocando asuntos graves en registros diferentes. Yo mismo, ilusionado con el conocimiento y el poder de la ciencia, la conquista de cada pequeño milagro, estoy desprovisto, en este momento, de capacidad para entender. Tú, obstinado y vulnerable, ignoras el tamaño de tu soledad. Perdiste las referencias, los más elementales puntos de contacto con lo verdadero. Ya ves, lo que escribes ha comenzado a contaminar tu realidad, escuchas voces, te sientes asediado.

Abandona ya ese proyecto y trata de emprender un viaje. En Londres puedo alojarte. O podrías alquilar un cuarto aquí cerca. Tengo un colega inglés que tiene una propiedad en Bristol y puede cedérmela alguna semana, una casa estilo georgiano en el suburbio de Clifton. Y después cruzar a París, que con el túnel queda ahí nomás.

Sé que es difícil sacarte de tu trinchera, pero al menos podrías considerarlo. Desde ya te estoy invitando formalmente.

Aguardo tu respuesta y te aconsejo quitar ese contestador de llamadas de tu PC. Un abrazo de

Alfredo

Lunes, 02:23:18 PM

El territorio insondable de la Red es un vasto mar de voces, imágenes, hipertextos con un intercambio incesante de protocolos y contraseñas donde los bytes son lanzados como centellas en viaje hacia las comarcas más recónditas de este universo virtual. El sistema tiende sus puentes y abre nuestro módico disco duro al profundo abismo del espacio exterior para que el autor de mis días se aventure en el tenebroso suburbio del *chat*, extraño término que, según es fama aquí dentro, deriva de *chatter*, charla o parloteo en la lengua de Gates.

Si sus escaramuzas vía *e-mail* le han permitido arrojar al vacío sus breves mensajes de ofensa a indefensos destinatarios o las largas respuestas a Alfredo de Londres, la modalidad del *chat* lo abisma en conversaciones en tiempo real con personas de identidad falsa, seres escudados en el anonimato de un nombre fingido que se prestan al diálogo promiscuo con otros desconocidos. Ahora ha ingresado en un ámbito habitado por las fantasmales presencias de "Conde", "Dave", "Soledad" y "Manson":

\<Dave\> Vaya, parece que tenemos visita, espero que anime un poco esta noche, ¿o por ahí es de día?

\<Viv\> Noche, noche cerrada y todavía no he lavado los platos de la cena ni baldeado el patio, pero igualmente me permito este respiro para que me conozcan.

\<Manson\> No puedo creer que estés con nosotros, princesa. Contanos tus dolores para que podamos conocer el oscuro sino de tu vida.

\<Conde\> Me permito advertirte que bien puede ser esta tu iniciación a los ritos del Consorcio.

\<Soledad\> Yo soy la reina aquí, sufriente Viv. ¿Platos? Me suena a patraña. Más bien te adivino pelado y un poco gordo. En el *chat* todo es apariencia y nada es lo que se escribe.

\<Viv\> Buen intento. No voy a empeñarme en hacer creíble lo que digo. Vamos, es un juego o no es nada, ¿verdad?

\<Manson\> Seguí lavando, princesa. No nos distraigas de lo nuestro.

\<Conde\> No pasarás el *test*, estás fingiendo.

\<Viv\> Soy la ex mujer de un escritor, una víctima de su pedante visión de su papel en el mundo. Al final de la jornada me siento un poco sola. Vamos, qué tiene esto de especial.

\<Soledad\> ¿Cómo lo probás, muñeca? Es raro ese rollo.

\<Dave\> No menos que el nuestro. Propongo un arreglo.

\<Soledad\> ¿Cuál? El *ménage à quatre* iba bien.

\<Manson\> Danos un nombre y podemos reconsiderar tu ingreso. Un escritor, bien: qué escribe, dónde publica. ¿Te abandonó por su editor?

\<Viv\> Nombres verdaderos no, imposible. El juego no lo exige. Tengo entendido que la sinceridad debe estar en los pensamientos que expresamos. Pero si son tan cerrados, me bajo. No es lo que pensaba. Me parecen unos fascistas.

\<Conde\> Cuidado: a no insultar, respetá los protocolos. Necesitamos algo más. Es muy obvio eso del ama de casa sola y agotada de fregar. Dave propuso un arreglo, que lo escriba.

\<Dave\> Simple, una postura clara ante ciertos temas. Hagámosle el cuestionario de Proust, que nosotros llamamos el *Test* de Lucy.

\<Soledad\> Vale. Lo apruebo.

\<Manson\> Por mí que empiece.

\<Conde\> Preparada, Viv.

\<Viv\> ¿*Test* de Lucy?

\<Dave\> Si lo superás, sos algo más que ese famoso esqueleto de humanoide. ¿Un lugar?

\<Viv\> La bañera a las once de la noche, llena de agua caliente y un porro recién armado.

\<Conde\> ¿Un color?

\<Viv\> El rojo de las pesadillas.

\<Soledad\> ¿Un libro?

\<Viv\> *El tercer hombre*, de Buck Dexter.

\<Manson\> ¿La mejor parte del cuerpo?

\<Viv\> Mi vagina, hace veinte años.

\<Dave\> ¿Un país?

\<Viv\> *Neverland.*

\<Soledad\> Pensá bien, ¿un miedo?

\<Viv\> La ceguera, el fuego.

\<Conde\> ¿Un actor?

\<Viv\> Michael Caine.

\<Dave\> ¿Tu mejor orgasmo?

\<Viv\> Cualquiera de los que fingí.

\<Manson\> ¿Un amigo?

\<Viv\> Mi padre, medio litro de Ballantines.

\<Soledad\> ¿Un olor?

\<Viv\> El mar en agosto, pinos.

\<Manson\> ¿Un criminal?

\<Viv\> Tu obvio sobrenombre, Landrú.

\<Conde\> ¿Un detergente?

\<Viv\> ¿Cómo?

\<Soledad\> Te pescamos, Viv.

\<Conde\> Decí algo, pronto.

\<Manson\> *Second chance*. ¿Una canción?

\<Viv\> No me gusta la música.

\<Soledad\> ¿Un vicio?

\<Viv\> Helados palito.

\<Manson\> ¿Los imaginás vivos y creciendo?

\<Soledad\> No vale, eso es repregunta.

\<Conde\> ¿Un maestro?

\<Viv\> La envidia, te hace superar.

\<Dave\> ¿Una palabra?

\<Viv\> Siempre.

\<Manson\> ¿Un sueño?

\<Viv\> Que me mantengan.

\<Soledad\> ¿Un juego?

\<Viv\> El de las máscaras.

\<Conde\> ¿Un deseo?

\<Viv\> Sé más explícito.

\<Conde\> ¡Contestá!

\<Viv\> Ser absolutamente irresponsable.

\<Conde\> ¿Lo serías?

\<Viv\> Es una utopía. Esta es la máxima irresponsabilidad que me permito: conversar con desconocidos a través de una máquina.

\<Dave\> ¿Dios?

\<Viv\> Niños muertos o deformes por penicilina adulterada. Negritos panzones de Sudán. Prostitutas niñas en Saigón.

\<Soledad\> ¿Un perfume?

\<Viv\> Chanel No. 5 sobre un colchón lleno de dólares.

\<Dave\> Esto me está aburriendo, creo que Viv es una hábil declarante, pero miente.

\<Conde\> Opino lo mismo. Se traviste de ordinariez y abnegación. Todo suena a patética máscara.

\<Viv\> Cobardes, ¿y ustedes?

\<Soledad\> No das la talla, impostora. Voy a salir del *chat*.

\<Manson\> Sos vos el escritor, ¿no?

\<Conde\> Una basura que necesita ser aplastada porque no tolera más su sentimiento de culpa.

\<Viv\> Son una patota inmunda. ¿Alguno es coreano?

\<Soledad\> Imbécil racista, ¿le pegabas a Viv?

\<Viv\> Peor, la amaba y nunca se lo dije.

\<Dave\> Borrate, infeliz. Ojalá nunca te haya leído.

\<Conde\> Un nombre, Viv. Algo. Una frase que te defina.

\<Viv\> Son la escoria, me dan lástima.

\<Manson\> Imagino tu soledad, loco. Se me ocurre que olés mal, que te hacés encima por pura incontinencia. Solos vos, y el jodido PC que te conecta. Vamos, decinos más. Te morís por desnudarte. Soy médico y puedo entenderte. Me ocupo de la mente de las personas. Vamos, abrite como una lata.

\<Dave\> Me borro, socios, tengo hambre.

\<Soledad\> Okay, yo también. Viv me desilusionó.

\<Viv\> Tú también me desilusionás, Sole. Veo que no soportás la inteligencia.

\<Soledad\> Lo que no soporto es tu mierda, Viv. *Bye*.

<Conde> El Consorcio finaliza la reunión de hoy.

<Viv> Tal vez tenga a Viv muerta dentro de la bañera, con el ansiado porro apagado en su ojo. Puede que ya la haya trozado para guardarla en bolsas y meterla en cajas. A lo mejor eso es algo. ¿Cómo estar seguros? Lo de baldear el patio era cierto, ¿ven? ¿Cómo distinguir lo que digo de lo que soy?

<Manson> Vamos bien, Viv. Por fin algo interesante esta noche. ¿Trozarla? ¿Con qué? Dame nombres de herramientas. Es fácil, una breve lista.

<Viv> Soy un *amateur*. Ni siquiera tengo sentido práctico. Esto es un verdadero enchastre, empezando por el teclado. Un paradigma de impresiones dactilares, el sueño de un oficial forense. ¿Manson? Apuesto a que ni siquiera habías nacido cuando tu homónimo escribió *"pigs"* con sangre verdadera.

<Manson> No alardees. La lista.

<Viv> ¿Vos cómo lo harías, doctor?

<Manson> El rojo de las pesadillas. ¿Un sueño es lo que vivís? ¿Cuánto cortaste ya? ¿Miembros inferiores? ¿La cabeza?

<Viv> La muy maniática tenía un cuchillo eléctrico. Adoraba el confort absurdo, esos masajeadores, las horrendas trituradoras de alimentos. Tiene un surtido impresionante.

<Manson> Buena solución, el cuchillo. *American Pschyco*, página 127. ¿Salpicó mucho?

<Viv> Demasiados *best sellers* hay en tu cabeza. Así es cómodo, balconeás el horror impreso sobre papel. No sabés lo que es esto, ni lo imaginás. Ahora va a empezar la duda. Soy demasiado bueno escribiendo y no me conocés. Lo hago en tiempo real. Puede que invente o puede que no, ¿cómo estarías seguro?

<Manson> ¿Mucha sangre, Viv? Ya tenemos el arma y la víctima. Hablemos del asesino.

<Viv> ¡Angelito! Estás jugando al detective. ¿Médico? No te creo. A lo sumo un mediocre psicólogo que como no tiene pacientes los sale a pescar en el *chat*.

<Manson> Te estás yendo por las ramas. ¿Cajas? ¿Por dónde las vas a sacar?

<Viv> Mi amigo Harry. Domina la red de cloacas. Hay túneles larguísimos debajo de la ciudad. También puedo incinerar. En todo caso, ese no es el problema.

<Manson> ¿Y cuál es, entonces?

<Viv> No es suficiente. No alcanza. Hay que trabajar un poco más.

<Manson> ¿Con Viv, con tu ex mujer? Hablemos del pasado, de antes del cuchillo y las bolsas. Me interesa, Viv. Hablo de vos. ¿Vas a escribir tu hazaña? Es todo un tema, de Osiris para acá.

<Viv> Ya me aburrí, estimado impostor. Voy a salir ahora, necesito tomar aire, caminar. Antes una ducha y un poco de trapo de piso

para lo más gordo. ¿Un detergente? Cualquiera biodegradable y con perfume de pinos. Viv era pequeña, maleable, frágil. Eso sí, terriblemente terca y obsesiva con la limpieza. Tengo que admitir que tenía razón. Un último homenaje sería dejar esto decente. Tengo que baldear ese patio, como les dije. Hasta pronto, imbécil.

Martes, 01:03:38 AM

—Es maravilloso cómo consigue apoderarse usted del lector.

—¿Apoderarme?

—Sí. Uno queda en suspenso. Usted es un maestro. Al final de cada capítulo uno se pregunta...

—Entonces, ¿usted era amigo de Harry? —dice Martins.

—Su mejor amigo —pero Kurtz agrega después de una breve pausa, durante la cual su cerebro registra sin duda el error cometido —después de usted, por supuesto.

—Cuénteme cómo murió.

—Yo estaba con él. Acabábamos de salir juntos de su casa cuando Harry vio en la acera de enfrente a una persona conocida... un americano llamado Cooler. Lo saludó con la mano y al atravesar la calle para juntarse con él, un jeep que avanzaba como un bólido lo arrolló. En realidad la culpa fue de Harry, no del chofer.

—Me dijeron que quedó muerto en el acto.

—¡Ojalá fuera cierto! De todas maneras, murió antes de que llegara la ambulancia.

—Entonces, ¿pudo hablar?

—Sí, y en medio de sus dolores se preocupaba por alguien llamado Wallace.

—¿Por quién? —pregunta Martins.

—Por mí —contesto, y acerco una silla a la mesa de Kurtz y Martins. Otra vez la mirada de odio de Rollo me atraviesa, como el helado aire de Viena.

—¿Otra vez usted? —masculla Martins.

—¿Wallace? —interviene Kurtz con forzada afabilidad.

—Wallace, Alfredo Wallace, el mejor amigo de Harry Lime —asevero con tranquila convicción, ya sin temor de que Rollo se violente.

Lo que me desagradó de entrada en Kurtz, fue su peluca. Era uno de esos postizos inconfundibles, hecho de pelo lacio y rubio, cortado derecho sobre la nuca y no muy bien sujeto. Hay algo extraño en un hombre que no acepta sencillamente la calvicie. Tenía, además, una de esas caras en las cuales las arrugas se han marcado con cuidado excesivo, como un *maquillage*, en los lugares acertados, con la intención de expresar la inteligencia, la imaginación. Parecía haberse compuesto un tipo para colegialas románticas.

Otra vez, sin mediar un hiato lógico, el autor de mis días vuelve a introducirme en una escena para fastidiar a Martins. Ahora detiene la progresión del relato y consulta el ejemplar del que copia, párrafo a párrafo, la totalidad de la trama. Lo veo desmejorado y envuelto en una difusa aura verdosa, de la que emergen finísimos tallos que culminan en pequeñas cabezas de monstruos, en simulacros de rostros. Cuando acerca su cara a la ventana, el gesto de duda es elocuente. Ya no hay trazas del supuesto golpe del coreano, pero aun así su expresión es abatida, derrotada. Me pregunto si debo o no tomar al pie de la letra su última conversación en el *chat*. En pocos días, el autor ha devenido en alguien corroído por la sospecha y asaltado por pulsiones extrañas.

¿Qué haré ahora ante el individuo de la peluca —Kurtz— y el irritado Martins? Sospecho que esas últimas palabras de Harry Lime antes de morir no estaban destinadas a mí, que el autor las ha sustraído y se las ha apropiado para cedérmelas. Inevitablemente, soy cómplice de cada pequeña estafa que él va cometiendo en mi nombre. Siento que usurpo, miento, hablo y engaño para su beneficio. Y sin embargo, no puedo negarme a participar, a aguardar esperanzado que luego del último punto y aparte mi existencia prosiga. Ir en pos de Harry Lime, cuya muerte es indudable a esta altura de la trama, implica desplazar a Martins, acosarlo en cada mesa de bar, en su propia habitación del Hotel Sacher, en sus encuentros con Calloway, en cada situación en la que él pretenda reivindicar su condición de "mejor amigo de Harry".

—¿Qué dijo? —pregunto a Kurtz.

—No recuerdo sus palabras exactas, Alfredo. ¿Me permite, no es cierto, que lo llame Alfredo? Él lo llamaba así cuando hablaba de usted. Insistió mucho en que yo me ocupara de usted a su llegada. Que cuidara de que no le faltase nada. Que tomara su pasaje de regreso...

—Hay aquí una confusión —balbucea Martins, agobiado.

—Pero, ¿por qué no me telegrafió para evitar que viniera?

—A mí debía telegrafiarme —grita Martins, pero Kurtz sólo me presta atención a mí.

—Lo hicimos pero el cable no lo alcanzó. Entre la censura y la división en zonas, ocurre que los cables tardan hasta cinco días.

—¡Basta! —vuelve a gritar Martins mientras me toma otra vez del cuello. Kurtz nos ve forcejear hasta que, sin mediar palabra, le aplico a Rollo un codazo en el estómago que lo hace doblarse. Con inédita presteza lo siento en una silla cercana y prosigo la conversación como si nada. Los ojos de Kurtz no me trasmiten sorpresa alguna, como si la escena que acababa de presenciar no le importase o jamás la hubiese visto.

—¿Usted sabía que la policía tiene la idea absurda de que Harry estaba implicado en un tráfico fraudulento?

—No. Pero en Viena todo el mundo lo está. Todos vendemos cigarrillos y cambiamos *schillings* por *Bafs*, dinero de ocupación, y así sucesivamente.

—La policía habló de algo más grave.

—Esa gente suele imaginarse cosas absurdas —dice el hombre de la peluca, en tono circunspecto.

—Tengo la intención de quedarme aquí hasta que les haya demostrado que se equivocan.

Kurtz vuelve la cabeza con brusquedad y la peluca se desplaza levemente.

—¿Para qué? Eso no resucitará a Harry.

Miro hacia la silla donde había dejado a Rollo Martins doblado por el dolor, pero ya no está.

Preocupado Alfredo:

Seré breve.

Declino y agradezco tu invitación a Londres, Bristol y adyacencias. Comprendo tus argumentos en pro de mi traslado, pero no los comparto. En cuanto a que abandone mi proyecto, basta decirte que para un artista su obra es su vida. Es la respiración, las funciones renales, la evacuación diaria y el sinuoso recorrido de su torrente sanguíneo. No veo cómo habría de vivir sin esas vitales rutinas.

¿Ver especialistas? ¿Cuáles? No existen para mi padecimiento. ¿Qué me dirían? ¿Cómo podrían entenderme? Veo que tu fe ilimitada en la ciencia te transforma en el más ciego de los creyentes. ¿Qué tal andamos por casa? Estar becado a los cuarenta y cinco años no deja de ser un mecanismo regresivo, una curricular coartada para permanecer en el limbo estudiantil. Becas, cursos, cursillos, seminarios, masters, posgrados, clínicas, *workshops*: la escolaridad interminable de los que temen alguna vez consolidarse en algo. Revisa eso y después hablamos.

¿Obra empantanada? ¿Vacío creativo? Nociones del perverso discurso secundario, jerga de críticos a la violeta. Adivino demasiadas reseñas leídas en pomposos suplementos culturales, en aburridas páginas de revistas robadas en los aeropuertos. Los típicos latiguillos que reseñadores urgentes y perezosos no dudan en usar para disfrazar su básica ignorancia. ¿Con qué autoridad insistes en descalificar un trabajo que aún no ha culminado y del cual conoces —desgracia de desgracias— una ínfima porción?

La obra de creación —no digamos de arte— solo dialoga con sus semejantes. No necesita explicación ni justificaciones. No precisa permiso de existencia ni habilitación a partir de la opinión de aquellos que están por fuera del juego. De editores ciegos y críticos miopes está jalonado nuestro viacrucis. Y volviendo a la piedra del escándalo, en todo caso este es un asunto entre Greene y un servidor. Por desgracia, una insalvable distancia existe hoy entre ambos, pero estoy seguro de que el asunto seguramente lo divertiría. O al menos sería la única persona con legítimo derecho a opinar.

¿A qué tanta preocupación de tu parte por mi deliberado manoseo, plagio, adaptación indebida o pastiche greeneano? Lo sé: envidias mi libertad, te inquieta mi irreverencia, no digieres bien mi gesto transgresor. Para tu horror y el de media docena de mediocres de por aquí, se me aflojó un tornillo y decaigo bajo la especie de un esclerósico babeante que no distingue sus límites. Te lo dije cartas atrás: cumplo lo que el propio Greene me impuso —nos impuso— dejando inteligentes pistas a lo largo de su texto. Pero además, y creo que se trata de lo básico, querido mequetrefe, lo hago porque se me da la gana y también porque disfruto haciéndolo. Y eso es algo que tú no puedes entender ni apreciar ya que desborda las posibilidades de los espíritus promedio.

Una vez a Faulkner le preguntaron qué se necesitaba para escribir. Sencillamente respondió: una buena resma de papel, algunos lápices con la punta bien afilada y un poco de *bourbon* a mano. Me atrevo a llegar más lejos en esa sencillez. Lo único que uno necesita es que lo dejen en paz.

Déjate de memeces de tía vieja.

R.N.

En la conversación con Kurtz tuve, por fin, la revelación. "A la policía le pareció cómodo tener un cadáver; pero, ¿no era acaso igualmente cómodo para los verdaderos traficantes?", había dicho el hombre del peluquín. Antes, le había apostado mis cinco libras todavía no gastadas contra doscientos de sus *schillings* a que había algo turbio en la muerte de Harry. ¡Con qué facilidad el autor de mis días había quitado al molesto y asombrado Martins del asunto para instalarme a mí en la búsqueda de Harry! Muerto o vivo, traficante o inocente, Lime era la razón de mi vida.

Antes de separarnos, Kurtz me dio indicaciones para llegar a lo de Cooler y también a su casa, ubicada en la zona rusa. Finalmente expresó un nuevo elogio sobre mi obra, mientras tocaba el ejemplar de *El caballero solitario de Santa Fe*, utilizado para que Martins lo reconociera. "Me enorgullezco de haberlo conocido. ¡Un maestro en el arte de narrar!", dijo, y con una mano aplastó el jopo postizo, y pasando la otra suavemente por la boca borró la sonrisa: fue como si esa sonrisa no hubiese existido jamás. La incongruencia de sus palabras me estremeció. Yo escribía e ignoraba mi propia obra, pero tenía claro que esa novela pertenecía a Buck Dexter, detalle que el autor de mis días parecía obviar.

Salí del Old Vienna y me encaminé hacia el Teatro Josefstadt para visitar a Ana Schmidt. Al llegar a una esquina oscura en la que desembocaba una callejuela, unos brazos me tomaron por detrás y me arrastraron hacia la negrura. Quedé de cara a un muro de ladrillos mientras una mano hacía presión sobre mi nuca y mi rostro se aplastaba sobre el frío material. Enseguida escuché la voz que de inmediato me sonó familiar:

—Dese vuelta con cuidado y no intente huir, podría hacerse daño.

Me volví despacio y aturdido por el empujón. La cara de Martins estaba pálida y su labio superior, todavía hinchado, parecía latir.

—No pienso hacerlo, amigo.

—¡No somos amigos!

—Es una manera de hablar, ¿qué sucede?

—Esa es mi pregunta. Quiero que me diga exactamente para qué ha venido a Viena y por qué se empeña en desplazarme. Y trate de ser lo más explícito que pueda, porque esta situación ya me cansó, sin contar, claro, la violencia.

Finalmente Martins se apartó un poco, convencido de que yo no iba a correr.

—Como usted, busco a Harry Lime —dije sin énfasis.

—Harry está muerto, ambos vimos cómo lo enterraban.

—Sospecho que hay algo turbio en su muerte.

—También yo pienso lo mismo, pero eso no aclara su situación. ¿Por qué se empeña en seguir mis pasos e interferir en mi propia investigación? El cementerio, el bar de la Kärntnerstrasse, el *lobby* del Sacher, la habitación, ahora el Old Vienna. Es usted ubicuo y molesto y parece imbuido de un extraño aire de estupidez que le impide entender mi fastidio.

—Soy el mejor amigo de Harry Lime, fuimos al mismo colegio, cazábamos conejos...

—¡Oh, por favor no insista con esa coartada!

—¿Coartada? Vamos... es la verdad.

—Dejemos eso, ¿es hombre de Callaghan, cierto?

—Ya le dije que no... Calloway es el nombre. No, nada que ver con ese militar.

—¿Cómo llegó a Viena? En mi vuelo no venía. Llamé a las oficinas de la compañía en el aeropuerto y consulté por la lista de pasajeros: no había ningún Alfredo Wallace.

—Debió preguntar por Eusebio Santos, o tal vez por Malloy.

—¿Cómo? No juegue conmigo, Wallace. Estoy dispuesto a lo peor con tal de que me deje en paz.

—¿Conoce a alguien llamado Greene, amigo a su vez de un señor Reed? ¿Tiene alguna idea sobre un tipo llamado Orson Welles o de uno que se apellida Cotten?

—¿Amigos de Harry? ¿A qué viene eso? No, nos los conozco.

—¿Sabía que todo esto que nos está sucediendo fue concebido para ser visto y no leído?

—Oiga, Wallace, ¿qué está tramando?

—Sólo trato de probar que no soy un recién llegado a esta situación: sé bastante más que usted. Ya se lo dije, en su habitación, ¿recuerda?, todo empezó con una frase escrita en el dorso de un sobre. Como dicen, "en el principio fue el verbo".

Por primera vez Martins me mira con un cierto atisbo de respeto o, al menos, un interés vinculado a la incomodidad de la duda.

—¿Es usted norteamericano?

—Supongo que no, ¿a qué viene la pregunta?

—Usted me asombra, Wallace. ¿Habló de un sobre o me pareció?

—No me presta atención, Martins. Somos el deseo de Sir Alexander Korda. Le pidió al señor Greene un argumento para un film del señor Reed. Toda la historia ya sucedió, fue escrita y luego filmada. Solo que Greene menospreció su obra y le cedió a Reed todo el mérito. Veo que no tiene la menor idea sobre nada.

—¿Film? Cada vez me desconcierta más. Estamos en Viena en plena posguerra, no hay dinero para films aquí. Usted desvaría, Wallace. Deberían meterlo en un loquero.

—Voy a serle sincero, Martins, probablemente esta sea nuestra última conversación. Algo grave está por suceder y usted aún no lo sospecha. Piense, ¿cuánto más sabe sobre Harry Lime salvo los anodinos recuerdos que ha invocado desde que llegó a Viena? El colegio, las travesuras, aquel primer encuentro en el sombrío corredor mientras una campana cascada daba la hora de la oración, la cacería de conejos, sus trucos, su capacidad para improvisar música ligera, toda esa información vaga y poco imaginativa yo la poseo: no me pregunte cómo. Pero como ya le dije en el hotel, usted va a traicionar todo ese precario vínculo. En realidad, ya lo hizo.

Martins ensaya una última mirada de estupor, un lento acomodarse las solapas del abrigo. Luego pestañea un par de veces como si el frío del callejón estuviera esculpiendo huellas sobre sus retinas.

—Significa que... —murmura, confundido.

—El único que puede hacer algo por Harry, soy yo —digo, sin tener ninguna certeza sobre lo que sucederá luego. Mis días se construyen letra por letra, como se habían hecho los de él. No vale la pena seguir explicándole nada: son mis luminosos bytes, veloces y destellantes sobre el vidrio de una pantalla, contra el raspar de una estilográfica sobre un sobre o el tipeo mecánico de una Smith Corona en Viena, Revello, Londres, Venecia, Santa Mónica.

—Esa es una frase de novela barata —comenta Martins, antes de desaparecer.

El autor de mis días contempla lo escrito y murmura:

—Somos escritura y el mundo existe para justificar un libro.

Ha eliminado a Martins del relato y no padece remordimiento alguno. Nunca había llegado tan lejos en la manipulación del texto de Greene. No sé qué dirá Alfredo de Londres al respecto, pero la decisión implica que yo continúe dentro de la trama. En efecto, no había lugar para dos mejores amigos de Harry Lime, escritores y recién llegados que investigan su misteriosa muerte.

Como si el acto omnipotente y absoluto lo hubiera dejado sin inspiración, el autor se desentiende del texto y resuelve hacer una llamada telefónica. Teclado mediante, digita los números de la doctora Lavinia. Tras varias señales de libre, alguien atiende:

—¿Hola? ¿Quién habla?

(Es una voz masculina, nasal, rápida.)

—Sí... ¿con la doctora Lavinia?

(El autor vacila, desconcertado.)

—¿Quién va a hablarle?

—...Eh... nadie. Digo, un amigo...

—¿Quién habla?

(La voz es ahora impertinente, descon-
fiada.)

—Habla el profesor Novaris... Rogelio
Novaris...

—¿Novaris? Un momento, voy a ver si
está...

(Transcurren largos instantes en que no
se escucha sonido alguno, salvo una lejana melodía que parece provenir de un aparato remoto.
Luego se escuchan pasos apresurados y una risa.)

—¿Sí? Habla Loreley, ¿quién...?

(La voz es fresca, con un dejo de diver-
sión.)

—Doctora... habla Rogelio, disculpe si
la interrumpo...

(El autor emite un hilo de voz. Su expresión es avergonzada.)

—¡Querido profesor! Por fin... estábamos preocupados... recibí sus disculpas por escrito, no eran necesarias...

—¡Oh, claro que lo eran! No sé si ahora
podemos hablar...

—¡Por supuesto! No hacía nada importante... vino un amigo y estábamos escuchando
un poco de música.

(La voz suena jovial, pero con un eco de
duda.)

—No quisiera interrumpirlos, puedo
llamarla en otro momento, en fin, no es urgen-
te, simplemente...

—¡Está bien!, Fernando es de confianza... oíamos un poco de jazz, ¿no quiere venir? Tenemos una botella de Chardonnay recién abierta... ¡oh!, cuidado, no...

(La voz se hace vulgar, emite un suspiro y una risa entrecortada.)

—No... por favor, no quisiera interrumpir... será mejor que...

(La cara del autor se ensombrece y un rictus de rabia le tuerce la boca.)

—¡Fernando me hace señas para que lo invite! Ha leído sus libros: *Palomas y gavilanes*, *La muralla china*... su talento abre todas las puertas, profesor...

(Otra vez las sílabas se hacen cantarinas y la lisonja se espesa en una resonancia de ordinariez.)

—En realidad llamaba para anunciarle mi imposibilidad de concurrir el martes a las jornadas...

(El autor endurece el tono y desde una zona recóndita de su alma emerge la dignidad.)

—¡Oh, no me diga eso, Rogelio! Ronald le tenía reservada media hora para su ponencia. ¿Será posible que nos abandone?

(La voz es la de una adolescente contrariada.)

—Es que no he podido preparar nada... asuntos graves me han ocupado, Loreley... lamentablemente.

—Ansiaba oír sus reflexiones sobre Hallgrínsson, originales como todo lo suyo, profesor. ¿Cómo podría convencerlo de...?

(Es la voz que luego debería decir "malito" y hacerse un poco más vulgar.)

—Como usted comprenderá, Islandia es un misterio para mí y de su literatura apenas si he frecuentado el Heimskringla de Sturluson y por supuesto la saga Njal, el zenit de la creación en esos pueblos. Me avergüenza reconocer que de su poeta apenas si leí un par de sonetos de cuño romántico, poca cosa para una disertación como la que esperan. Pero insisto en que los hechos me han superado...

(Sus palabras suenan convincentes, pese a que luce como un vendedor de autos en plena faena.)

—Algo me dijo en su carta... oh, Fernando, no... perdón, profesor... no sé qué le estaba diciendo...

(Se escuchan forcejeos del otro lado de la línea, risitas ahogadas. El autor está a punto de transformarse en una silueta ígnea porque inéditos resplandores fluyen desde sus sienes hacia lo alto.)

—He llamado en mal momento, doctora, perdone usted. Pero dígale al inútil de Bauprés Samaniego y a los descendientes del mediocre e ignorado Hallgrínsson que me disculpen... adiós y perdón por interrumpir su noche de beberaje, perra indecente...

(Su voz es ahora nasal, soterradamente violenta y resbalosa.)

—Rogelio... no puede usted...

—¡Silencio, ramera! El coreano fue idea de García, ¿verdad? Creen que estoy decadente... estaba todo armado. Una trampa para desprestigiarme. Seguramente después de golpearme delante de todos huyó bajo las alcantarillas. ¿Cuál fue la señal, meretriz académica? ¿Esa desagradable mueca que utiliza para sonreír? Ahora voy a cortar, para que ese Fernando pueda terminar lo que empezó, pagar y retirarse. ¡Chardonnay! ¡Faltaba más!

(Corta y se queda jadeando, pensativo, envuelto en una tormenta de fucsias y añiles que me recuerdan nuestra aurora boreal. Me conmueve la soledad que lo agobia, no menos patética que la mía, ahora que Rollo Martins se ha ido.)

Martes, 10:12:06 PM

Prof. Rogelio Novaris
Presente.
De mi consideración:
En mi calidad de miembro fundador de
la Sociedad de Amigos de Greeneland, he asumido el deber de escribirle estas amistosas líneas desde Leeds, Condado de Yorkshire —la-
res de las Brontë—, Inglaterra. Lo hago además en virtud de ser el único miembro de esta
organización que habla y escribe español co-
rrectamente, ya que he nacido en Madrid. No
obstante, no piense usted que solo mi condición de hispanohablante me habilita a esta presentación.

Como usted ya estará suponiendo,
Greeneland es el nombre con que designamos
en nuestra Sociedad a ese vasto y rico universo
que nuestro venerado autor Graham Greene
supo construir a lo largo de sus logradas novelas, cuentos, artículos de viajes, comentarios de
películas, obras de teatro, ensayos, y por supuesto, sus dos tomos autobiográficos. Quie-
nes tuvimos la felicidad de leerlo —y releerlo a
diario— y nos fue dado, además, el privilegio
de conocerlo en persona, asumimos en esta pu-

jante ciudad, la tercera de Inglaterra en tamaño, la misión de fundar en vida del maestro un original club: la Greeneland's Friends Society.

Hace más de veinte años, en oportunidad de la edición de *El factor humano*, su última novela de espionaje, un grupo de heterogéneos admiradores y estudiosos se reunió en un pequeño pub cercano a la Estación de Leeds City, y dio inicio a las actividades de una organización cuyo único propósito es honrar el talento del escritor nacido en Berkhamstead, Hertfordshire, un señalado 2 de octubre de 1904.

Le pido perdón por el extenso preámbulo, pero era necesario que usted conociera la naturaleza del grupo que hoy represento. En lo personal le aclaro que no soy académico ni cosa que se le parezca. Apenas un devoto de Greene y un infatigable hurgador de su obra, a la par que un obsesivo coleccionista de artículos y otros textos derivados de la misma. Soy comerciante en el rubro textil y estoy afincado en la isla desde hace tres décadas. Mi único hobby es Greeneland, y mis perros se llaman Harry, Charley y Quiet, nombres que ya sabrá de dónde los tomé.

Ahora iré a las tinajas, como dicen en Bilbao, y le explicaré los motivos de estas líneas.

Miss Adela Cunningham, nuestra vice presidenta, conoció en casa de unos amigos londinenses a un compatriota suyo. Entre los temas de ese encuentro social surgió Greene y el apostolado que Adela cumple a través de nuestra Sociedad. Le describió, tal como yo lo acabo de hacer, su origen y cometidos, cosa que interesó vivamente a esta persona, dedicada, según lo refirió Adela, a la biología duplicatoria. Días después de la velada, Miss Cunningham recibió un sobre con fotocopias de un texto de unas tres carillas. Las hojas contenían unos breves pasajes en español de *El tercer hombre*, por eso Adela me las mostró de inmediato. Le había llamado la atención, claro está, el nombre de Harry Lime. Como un sabueso lanzado a perseguir un rastro, me aboqué a indagar en tan misterioso envío: transcripciones casi textuales de *El tercer hombre* traducido por Silvina Bulrich. Dije "casi textuales" porque a poco que lo comparé con mi edición de M.C., encontré asombrosas e imperceptibles variaciones con relación a lo que podríamos llamar el texto original, esto entre comillas por aquello de *"tradutore traditore"*. A todas luces, el documento me inquietó. Revisé nuevamente el sobre y encontré una tarjeta de visita de un Dr. Alfredo García, residente en Londres.

Ya lo sabe: me comuniqué de inmediato con García y me suministró preciosa información que lo involucra. Me expresó, también, su desorientación ante lo que consideraba el deber de la amistad y sus implicancias ante "casos extremos".

Es obvio que su proyecto con respecto a Greene y a *El tercer hombre* nos interesa. En nuestro acervo documental sobre el maestro, que le prevengo es exhaustivo y casi enciclopédico, figuran miles de ensayos, reseñas, referencias bibliográficas, publicaciones piratas de sus obras, cartas de admiradores y hasta una reproducción facsimilar del famoso dorso del sobre que dio existencia a Harry Lime. Tenemos registradas al detalle las obras de otros escritores que refieren, citan, aluden directa o metafóricamente a la obra de nuestro venerado, incluso las de ese japonés, Shusaku Endo, imitador estrafalario, que hasta se convirtió al catolicismo para emular al maestro. Pero debo confesar que nada de lo que atesoramos podría compararse —si no entendí mal lo que me explicó García— con lo que usted se ha propuesto.

De modo que, estimado Novaris, cumplo en expresarle el más vivo interés de la Greeneland's Friends Society sobre su obra en marcha, no sin advertirle que nuestros cometidos no implican solo una actitud meramente contemplativa y bibliotecaria. No somos monjes de reclusión que guardan una preciosa herencia literaria, sino cruzados capaces de acción toda vez que Greeneland se ve amenazada.

Al pie de esta, figura nuestra dirección en Leeds y la mía particular. Espero que logre una pausa en su esforzada jornada para comunicarse, vía correo, fax o *e-mail*, con nosotros.

Antes de despedirme, le recuerdo lo que el maestro dice en el prólogo de la novela que usted está profanando:

· "Un argumento nunca vale más que cuando nace del intercambio de ideas entre dos personas".

Aguardando su respuesta, lo saluda con sincero respeto,

Alfonso Iglesias Figueroa
Secretario adjunto de Greeneland's Friends Society
12, Parliament Road, 12.009, Leeds, Yorkshire, U.K.
Greeneland's Friends Society
136, James St., 12.000, Leeds, Yorkshire, U.K.
E-mail Greenefriends@Yorktime.uk

Jueves, 02:35:09 PM

Otra vez el autor de mis días ha abierto el archivo Sueños y se dispone a transcribir una de esas inquietantes visiones que solo los humanos son capaces de construir. Esa posibilidad siempre me maravilla y la frase de Hölderlin, *"el hombre es un dios cuando sueña y un mendigo cuando piensa"*, resume la distancia que media entre mis ordenados bytes tejidos de ceros y unos, y la compleja naturaleza del autor. Alguien en el disco duro asevera que soñar es recordar y que la noción de dios es solo el insuficiente desarrollo del pensamiento científico. En cuanto a lo de mendigo, el archivo de nuestro sagrado diccionario no aclara demasiado su sentido. Se refiere a dádivas, indigencia, pobreza y un estado carenciado que fomenta una actitud pedigüeña. Probablemente nosotros, así como lentamente aprendemos —los programas tienden a eso— alguna vez también podremos soñar.

El autor escribe:

Una vez más voy por la senda polvorienta y reseca que desciende hacia la comarca de pequeños kioscos, de elementales casetas habitadas por vendedores, tomadores de apuestas y actores desocupados que recitan parlamentos de obras abominables. Como siempre, voy atravesando los pastos calientes en el declive incómodo de una ladera interminable. En una de esas precarias tiendas o dispensarios, me aguarda Lime y su mercancía adulterada. Está en camisilla con el sombrero echado hacia atrás para mostrar la frente transpirada y los ojos atentos a mi llegada. Entre sus manos, los frascos: pequeños, deformes, arrojan destellos bajo el sol bajo. No contienen líquido, solo restos de un polvo cobrizo y opaco, el extraño producto de la molienda de algún mineral. Un temor creciente me hace vacilar a medida que me aproximo: puedo ver su mirada burlona y la sonrisa cínica que pretende ser afable. Murmura una frase que no llego a oír y luego vierte el polvo de uno de los frascos sobre el piso polvoriento. Desde el interior de la tienda se escucha una risa y el inconfundible entrechocar de copas. Lime se incorpora y entra a su covacha que lentamente empieza a replegarse sobre sí misma, a desaparecer en el aire luminoso como si jamás hubiera existido. Un fantástico truco, claro. Los que ocupan las tiendas circundantes estallan en un aplauso mientras el polvo cobrizo remolinea y se eleva hacia el cielo, amarillo y cegador.

No sé cómo incorporar esta visión a lo que escribo, pero siento que debo transcribirlo y atesorarlo como si su elemental anécdota, el clima absurdo que la rodea y la obvia simbología que encierra me fueran vitales para seguir adelante. El sueño es recurrente y por tanto habrá de repetirse. Su secuencia es otro misterio ya que ignoro cuántas veces más caminaré por el declive de la ladera hacia la cita con Lime. Esta vez no estaba mi padre ni mi hermana vestida de bombero. Otras veces, junto a Lime —a la persona que yo sé que es Lime— estaba yo mismo, joven y asombrado: una imagen mía salida de una fotografía que perdí. En ese momento alguien me había ordenado ir a comprar unos helados y yo pensaba que, fatalmente, en el trayecto de regreso habrían de derretirse.

El autor salva lo escrito y cierra el documento.

Puedo verlo a través del cristal: cada vez más enmagrecido y ahora con la barba crecida de varios días. Detrás, la biblioteca es un caos y los papeles y las desordenadas pilas de libros amenazan con desplomarse sobre él y sepultarlo. Acerca su rostro a la pantalla y murmura:

"En el trayecto de regreso habrían de derretirse".

Luego abre el programa de conexión con la Red y todos aquí dentro empezamos a temblar. Tras ingresar los signos de la contraseña, los pulsos del modem resuenan como pasos apresurados sobre una vereda infinita y los protocolos de conexión se aceleran en busca del remoto servidor que va a lanzarnos al encuentro de la *web*. De inmediato, un coro de millones de voces y señales se despliega en secuencia abismal y caótica y el puente de veintiocho mil cuatrocientos bytes por segundo da paso al flujo de información. Los sistemas de búsqueda se activan y el autor teclea frenéticamente la dirección de un *chat*.

Va a meterse en un bar virtual.

<Viv> Espero no llegar tarde, muchachos.

<Dave> ¿Qué estoy leyendo? Es Viv, nada menos, oveja descarriada. Pensábamos que te habíamos perdido para siempre.

<Viv> En realidad lo busco a Manson, el curapupas celestial.

<Manson> Aquí me tenés, princesa de los filos.

<Soledad> Un momento, recién llega y todos nos plegamos a su rollo. Si mal no recuerdo no había pasado la prueba.

<Viv> Okay, entonces me voy. Siguen siendo unos fascistas virtuales, en especial vos, Soledad.

<Dave> De ninguna manera, podés quedarte. ¿Princesa de los filos, qué es eso Manson?

<Manson> Viv lo sabe.

<Soledad> ¿Ven? Están haciendo trampa. Así el grupo no funciona. Perdimos a Conde y ahora Viv lo quiere a Manson *face to face.* Odio las interrupciones y en especial las de un pelma que finge ser lo que no es.

<Viv> Entre vos y yo, Manson, vamos, te tengo novedades.

\<Manson\> ¿Vamos a un privado, Viv?

\<Soledad\> Mejor borrate, Viv, estás despelotando el Consorcio.

\<Dave\> Podemos sacarte la silla, Viv, no jodas.

\<Manson\> Seguime, Viv. Los veo, Sol y Dav.

\<Viv\> ¿Estamos solos?

\<Manson\> Tecleá Manson en el campo de la derecha abajo y borrás a los demás.

\<Viv\> ¿Así?

\<Manson\> OK, estamos en privado, podés contarme todo.

\<Viv\> No es fácil, para nada. Mejor hablamos del Consorcio.

\<Manson\> Vamos, Viv, para eso nos hubiéramos quedado allá. ¿Ya limpiaste todo? ¿Alcanzaron las bolsas y las cajas?

\<Viv\> Scotland Yard está tras de mí. Un sabueso de Leeds me escribió, tienen la pista. ¿Alguna vez te traicionaron? Hay una perra conchabada con la escoria científica. Ahora vivo en las cloacas.

\<Manson\> OK, veo tu problema. Vamos al principio: se separaron y ella siguió fastidiándote. Es lo que pasa siempre, ¿dónde la tenés ahora? Han pasado días. La otra vez acababas de trozarla, supongo que "las cloacas" es donde la escondiste. Estabas muy preocupada con las huellas. ¿Perra? Hay otra mujer, por lo que veo. No estás siendo clara, Viv, pero ya es algo, seguí.

<Viv> Todos necesitamos un testigo, ¿no? Puedo verla aún en mis pesadillas, escondida en el kiosco de Harry, bebiendo y riéndose a las carcajadas de mí. Antes del desastre la llamé por teléfono y me atendió con cierta burla, lo noté, bebían y él seguramente la tocaba, le hacía cosquillas. Es todo muy vulgar como para poder describírtelo. Creo que voy a tomar más represalias.

<Manson> ¿Otra vez el cuchillo? Vamos por partes y perdoname la alusión. ¿A quién tocaban? Estás confusa, hoy, Viv. Esa palabra, represalias, es muy política, suena extraña aquí. ¿Te referís a venganza? ¿Quién es Harry?

<Viv> No voy a traicionarlo tan fácilmente, desgraciado fisgón electrónico. Aquí nada es lo que parece y no creo en tu afán de ayuda. ¿A quién tocaban? A tu hermana, claro, que le gusta vestirse de bombero. Todo se mezcla y es lo mismo, los límites se pierden y es difícil saber en dónde estamos parados. Pero voy a desconcertarte un poco más: la próxima será una tal Ana Schmidt. Ya estoy preparando el instrumental: lo usual, trozadores, filos eléctricos, las bolsas, todo. He leído un poco de anatomía por las dudas, va a facilitarme la tarea. Mirá que a mí me cuesta comer un pollo, así que imaginate. Tengo a favor la faena anterior. Aprendí mucho. La cabeza se embolsa primero y luego se corta, así la sangre no salpica tanto. Las ingles, por ejemplo, son un lío: te prevengo que quedás todo salpicado porque le tenés que meter a fondo el serrucho, si no se tranca. De cualquier manera, la lista no termina allí.

<Manson> ¿Ana Schmidt? ¿Quién es? Me suena. ¿Una amante? Vamos, supongo que no debe ser verdadero ese nombre. Dejemos los nombres y vayamos a los hechos. Veo que te estás volviendo todo un profesional. ¿Lo vas a hacer en tu casa? Siempre se sigue un ritual en estas cosas, ¿verdad? Me interesan los motivos, Viv, no los detalles quirúrgicos.

<Viv> Mentira. Esto es un juego, doc, el juego de las máscaras. Tu problema ahora es saber hasta dónde miento. Probablemente se trate de una metáfora, que corte, troce, embolse y deseche en sentido figurado. Pero, ¿y si fuera verdad? Este país carece de tradición criminal en esta modalidad. Un contador repartido en valijas durante la dictadura; un veterano, hace poco, enterrado en cuotas por su concubina. Poco más, si mal no recuerdo. A lo mejor yo estoy pateando las estadísticas: puñaladas, tiros, golpes con una pala o incendio súbito del lecho conyugal serán episodios anodinos después de mí. Para colmo me provocan cada vez más. Los asiáticos, los improvisados gigolós de las meretrices de la cultura, los secretarios de las academias de lo inútil, los sádicos acreedores y sus cómplices cerrajeros, los metódicos traidores del Soho y últimamente la bestia hispana que custodia la memoria del maestro. Hay una vas-

ta conspiración en mi contra que busca hundirme, desacreditarme, llevarme al silencio. Me empujan a hacer lo que hago: defenderme y contraatacar.

<Manson> Es difícil seguirte, pero sospecho cierta paranoia. Tu juego es desahogarte y no disponés de una sola gota de sangre, ni tuya ni ajena. Tomás el nombre de tu mujer y salís al *chat* a pavonearte con la jerga de un *serial killer* pero sos incapaz de matar una mosca. Macaneás aquí porque nada queda después de que se interrumpe la conexión. Está claro que te gusta escribir y que por alguna razón eso ya no te alcanza. Tal vez lo que quieras cortar en pedazos sea tu propia invención, el acto mismo de la escritura, algo turbio y a contracorriente que te impulsa a travestirte de mujer, de provocador en el *chat*, de asesino virtual, de exhibicionista barato que juega al perseguido. Sos realmente patético.

<Viv> Lo soy, claro. Y puedo serlo más. Estoy en el tobogán, doc. Todo me ha salido mal últimamente. Si creyera en ciertos embustes te diría que me han hecho un daño. Prefiero hablar de mala suerte, que es más neutral. Vuelvo a los filos y las bolsas, y añoro ese olor dulzón, esa cosa tibia y desordenada que ningún detergente puede limpiar del todo. No me dan tregua, doc, se ensañan conmigo. De noche llaman para insultarme, no me respetan. Esa perra de la academia en contubernio con el traidor londinense. Contrataron a un actor para que me atormente fingiendo ser Harry. Los cuchillos me llaman, doc, voy a salirme.

<Manson> No, esperá, no podés irte ahora. ¿Quién es Harry?

<Viv> Nadie. Una voz, un muerto que camina, un héroe incomprendido. En su momento, un chivo expiatorio: le cargaron una tonelada de basura a la espalda y lo empujaron a un crimen inmundo. Tuvo que morir dos veces para pagar: su aliento insepulto me persigue y clama por que lo reivindique. Un personaje de Shakespeare extraviado en Viena, sin vías de escape.

<Manson> Cada vez entiendo menos. Creo que realmente necesitás ayuda.

<Viv> La rata de Albión dice lo mismo. Estoy harto, todos parecen estar confabulados. Voy a dejar esta basura de conversación, tengo tarea pendiente y no puedo postergarla para que me des la lata. Además, tu ignorancia es conmovedora: con todas las pistas sobre la mesa, todavía no descubriste quién es Harry y mucho menos quién soy yo. Hasta pronto, pechofrío.

Tengo la sensación de que el autor de mis días se desbarranca hacia una suerte de pantano moral. Esas conversaciones con extraños para las que adopta nombres y personalidades falsas, la correspondencia con el extranjero, los diálogos telefónicos abruptamente interrumpidos con insultos, la duda ante la prosecución de la obra que me incluye: ¿son la bienvenida decadencia?

Ahora me ha traído hasta el teatro Josefstadt, al cual llegué en un simple inicio de capítulo y sin que mediara caminata o desplazamiento alguno. Estoy sentado en una dura silla, cerca de la entrada de los artistas. Al final de la función de la tarde le he enviado, a través de un ordenanza, mi tarjeta de visita a una tal Ana Schmidt, actriz de la obra que acaba de representarse. Al pie de mi nombre en la tarjeta escribí "un amigo de Harry".

A lo largo de los camarines se extiende una galería de ventanitas adornadas con cortinas de encaje en las cuales las luces van apagándose una tras otra. Parece una callejuela construida en el interior para servir de escenario a una película y hace mucho frío, aun para un hombre protegido por un sobretodo abrigado. Aterido, dejo la dura silla y camino por la falsa callejuela mientras los actores se cambian para volver a sus casas a beber el café sin azúcar y comer el pan sin manteca que los mantendrá hasta la función nocturna.

Kurtz tiene razón —pienso—. Todos tienen razón. Me estoy comportando como un idiota romántico. Voy a decirle unas palabras a Ana Schmidt, unas sencillas palabras de condolencia; después hago mi maleta y me voy.

Encima de mi cabeza una voz grita: "Míster Wallace". Alzo la vista hacia el rostro que me observa entre las cortinas entreabiertas. No es una cara bonita. Es una cara honrada, de pelo negro y ojos que, bajo esa luz, parecen castaños. Una frente amplia, una boca grande que no trata de seducir. Ningún peligro en puerta —pienso—, ninguno de esos momentos de imprevista locura en los que el perfume de una cabellera, una mano que se oprime, cambian el curso de nuestra vida.

—¿Quiere tener la bondad de subir? —dice—. Segunda puerta a la derecha.

Sé que esas palabras y esa invitación en modo alguno me pertenecen, que están destinadas al pobre Rollo Martins, y que yo, de manera vicaria y cínica, me desplazo y avanzo en la historia a impulsos de lo que el autor va usurpando línea a línea. Pero subo hacia el camarín, un poco más canalla e impostor, al encuentro de la amante de Harry, la actriz mediocre de nombre falso.

La habitación, contrariamente a la mayoría de los camarines de los artistas, está casi vacía: no hay armarios repletos de vestidos, ni un desorden de coloretes y cremas; solo un batón que cuelga de la puerta, y sobre el único sillón, una tricota que recuerdo haber visto en el segundo acto; una caja de lata conteniendo algunos cosméticos usados. Una caldera rezongando suavemente sobre un calentador a gas.

—¿Quiere una taza de té? —pregunta Ana—. Alguien me mandó un paquete la semana pasada. Los norteamericanos suelen dar té en lugar de flores la noche del estreno.

—Tomaría una taza con mucho gusto —digo.

Mientras Ana prepara el té, la observo. Lo hace muy mal, naturalmente: no calienta la tetera, el agua no hierve y ha puesto muy pocas hojas.

—Nunca he comprendido —dice— por qué a los ingleses les gusta tanto el té.

Bebo con rapidez mi taza de agua caliente, como si fuera un remedio, mientras miro cómo Ana saborea la suya tomando pequeños tragos.

—Deseaba mucho verla —digo—. Se trata de Harry.

El momento terrible ha llegado. Veo que la boca de la joven se crispa a la espera de lo que yo voy a decir.

—¿Sí?

—Hacía veinte años que lo conocía. Era mi amigo. Fuimos compañeros de colegio, sabe, y después... nunca pasaban muchos meses sin que nos viéramos.

—Cuando me dieron su tarjeta —dice— no pude contestar que no, pero en realidad no tenemos nada que decirnos, ¿no es cierto? Nada.

—Quisiera saber...

—Murió. Eso es todo. Todo ha terminado... terminado. ¿Para qué hablar?

—Lo queríamos, usted y yo...

—No lo sé. No se puede saber una cosa así, después. Yo no sé nada, salvo...

—¿Salvo...?

—Que yo también debería estar muerta.

Ahora el autor de mis días deja de copiar y cierra el ejemplar de M.C. ¿Está pensando en trozar a Ana Schmidt como si fuera un pollo, estrangularla, ahogarla en una bañera? ¿Me encargará a mí esa tarea? Ya nada es seguro en esta historia. A través de la ventana lo veo al autor dudar, respirar con dificultad, mover imperceptiblemente el labio inferior. Mientras tanto he quedado ante la actriz con la taza vacía y la inminencia de una respuesta que debo dar a su deseo de estar muerta. Me pregunto qué hubiera dicho Martins y sé que lo siguiente que yo pueda afirmar le pertenece, como suya es también la posibilidad de seducir a la amiga de Harry Lime. Y sin embargo, pese a toda esta incomodidad de la pausa y al interminable momento que nos inmoviliza, puedo intuir que esta especie de vida es mi única chance de no ser, simplemente, una plana sucesión de ceros y unos olvidados en la negrura.

Estimado autor:

Evito por ahora el breve espacio que me permite ese maléfico aparato, capaz de mezclar a Vivaldi con los menesteres de un chismoso. Aparezco ahora sobre el papel, que ha sido mi morada natural —y original, antes de Carol y Orson— para acercarme a ti o al menos a lo que nos va quedando tras un patético declinar. Supe que los maniáticos de Leeds ya están sobre nuestra pista y que el aprendiz de brujo de Wardour Street te ha traicionado con minucia. Lo de siempre: el viejo Harry es material peligroso y comprometedor y su presencia sigue siendo indigerible para los hipócritas bien pensantes.

Emerjo de las cloacas para infundirte un poco de coraje ante los decisivos días que nos aguardan. Sé que estás desorientado y hasta dialogas con perfectos desconocidos en busca de un rayo de comprensión. Ya se sabe que cuando todo está perdido lo único que te salva es la literatura, el comercio con el trasmundo a través de ficciones. Por eso aquí estoy, rescatado por tu maltratado proyecto tras haber sido condenado a un truculento final en una narración signada por su transición a imágenes de celuloide. No importa cuántas veces la BBC proyecte el film de Reed o cuántas reediciones del libro original me regresen a librerías: he sido transformado en un arquetipo —de la crueldad, del genio maligno, del cinismo, del frío oportunismo o la retorcida inhumanidad—, en una moneda falsa que va desgastándose con el uso. Admitámoslo: había quedado fijo e inmutable en ese rol, incapaz de alegatos a mi favor en virtud de un destino fijado para siempre por la omnipotencia del viejo Graham.

Hasta que apareciste tú, entrañable chapucero.

Espero que no me defraudes y que asumas tu osadía. ¿Ya pensaste cómo vas a redimir a un traficante de penicilina adulterada que condena a niños a la muerte o a espantosas consecuencias en una horrible sobrevida? Fue fácil arrojarme a las miasmas subterráneas de Viena, acorralarme como a una rata y hacerme sudar por parapetos y escalerillas con la bofia en los talones y mi mejor amigo dispuesto a darme el tiro de gracia. El famoso desencanto de posguerra, que licuaba la culpa de las potencias en un personaje inescrupuloso, capaz de comparar a personas con manchitas vistas desde la altura de una rueda gigante. Por supuesto, lo que vino después fue mucho peor. Mi menester multiplicado ene veces por la escandalosa indiferencia de los que se supone ganaron. Desigualdad, hambre, violencia, injusticia, discriminación, miserias físicas y morales, y toda la gama de iniquidades que ha engendrado lo que llamamos civilización.

Voy a decirte algo, viejo. No existe lucha entre el bien y el mal, sencillamente porque a veces creo que el mal ya ganó. Quizá lo hizo desde el principio y todo lo demás es una patraña que arranca con la Biblia. Muéstrame un poco de bondad auténtica que no sea sepultada por toneladas de hechos malignos, absurdos, crueles y aterradores que a cada minuto nos confirman que el bien es sólo una tonta quimera. Las famosas líneas de Orson —y perdona que las cite en inglés—: *"After all, it's not that awful. You know what the fellow said: in Italy for thirty years under the Borgias they had warfare, terror, murder, bloodshed and they produced Michelangelo, Leonardo da Vinci, and the Renaissance. In Switzerland they had brotherly love, five hundred years of democracy and peace, and what did they produce? The cuckoo clock!"**, resumen de manera espléndida lo que digo, por más que el bendito reloj cucú no fue un invento suizo sino alemán.

---

* Después de todo no es tan horrible. Tú sabes lo que el tipo dice: en Italia durante treinta años bajo los Borgia tuvieron guerra, terror, asesinato, derramamiento de sangre y produjeron a Miguel Ángel, Leonardo da Vinci y el Renacimiento. En Suiza tuvieron amor fraterno, quinientos años de democracia y paz, ¿y qué produjeron? El reloj cucú. (N. del E.)

He regresado, viejo, y sólo pido que me des la oportunidad de demostrarles que soy algo más que el producto de la mala conciencia de la civilización. Fui arrojado a Viena con el propósito de ilustrar el mal, la falta de escrúpulos, el oportunismo. Piensa en lo poco que aparezco en la maldita novela, todo ese absurdo manejo de mi falso entierro y la paradoja numérica del accidente. Y ese tonto de Rollo Martins que con toda justicia acabas de sustituir, un atolondrado sentimental que no para de admirarme pero que a la larga será Judas —lo fue y lo será por toda la eternidad—, para traicionarme en nombre de lo que ahora se llama "políticamente correcto".

Podría decirte muchas cosas más, en especial sobre la vida en las profundidades o lo nauseabundo que se oculta bajo la alfombra de las ciudades. Ya sabes: mi fama fue la moneda con que les pagué y cada vez que se escucha la cítara de Karas, allí me ven, furtivo y dispuesto a fascinarlos. ¿Quién puede dudar de que esa comparsa de inútiles comandados por Calloway jamás me atrapó? Vivo en la fama, en la irresistible atracción que mi escandalosa maldad todavía ejerce. Un logro del viejo Graham, sin duda. Su personaje más famoso creado en apenas veinte páginas o en los anodinos recuerdos de Martins y la pobre Ana Schmidt.

Voy a despedirme ahora. No me busques ni pienses que esto es un juego o una parte de esa conspiración que avizoras contra ti. ¿Qué esperabas, que fuera fácil? No existe tal conspiración, no eres importante. Nadie lo es. Sucede que además del mal, pienso que han triunfado los mediocres. Ese es el verdadero complot, la verdadera lacra que nos impide ascender. Sus babas inundan los caminos y atestan las calles. Son una legión cuya única ambición es impedir. Los Calloway, los Martins, esa tonta doctora de la Academia y el no menos dotado Bauprés Samaniego. ¿Te asombra que los nombre? Mantengo mis contactos y sigo en buena forma. Me escabullo siempre y permanezco quieto en la penumbra de un portal, procurando que los focos del enemigo no me alumbren.

Hasta un día de estos, querido plagiario.

Harry Lime

Querido Judas:

Desde que nuestro intercambio epistolar se transformó en amistoso debate sobre la
pertinencia de mi actual obra en marcha, asu-
mí que las elementales reglas del mismo impo-
nían un mínimo de reserva sobre los temas tra-
tados. Esto es: a partir de la involuntaria aparición de mi texto ante tus ojos, confié en que
el tema en discusión no saldría del marco de
nuestra correspondencia. Vana pretensión.

El mensaje —debo decir la amenaza—
enviado desde Leeds por un mequetrefe madri-
leño, que te delata como informante y te señala como un traidor del peor cuño, no hace más
que confirmar mis sospechas. No sólo incurris-
te en la deleznable infidencia de comentar mi
proyecto novelístico con una absoluta desco-
nocida —me refiero a una tal Adela Cunningham, vice presidenta de un consorcio de inútiles— sino que además le enviaste documentación al respecto. Te confieso que no salgo de
mi asombro.

¿Con qué derecho te atreviste a pisotear
así mi obra? ¿Por qué debo tolerar ahora el que
se inmiscuya desaforadamente ese fisgón lla-

mado Iglesias Figueroa en representación de no sé cuál ignara sociedad?

No obstante, puedo ver ahora que toda conspiración necesita de delatores y traidores y que ambos roles te calzan a la medida. ¡Está todo tan claro! Me lo acaba de describir Harry Lime: la baba de los mediocres inunda las calles y el aliento de la envidia forma huracanes.

Había notado tu demora en responder a mi última carta en la que amablemente te agradecí tu invitación a Bristol. Ahora reparo en aquello que decía André Maurois: "Hay una cierta calidad de cortesía que siempre es señal de traición". Siento que el silencio posterior es el eco de esa señal, la famosa cola de paja. No sé qué más debo esperar ahora, inerme ante todo tipo de acechanzas y desencantado de la amistad.

¿Qué más puedo decir? Apenas si me queda el consuelo de ver que mi obra moviliza todo tipo de potencias que quieren destruirla. Presiento hogueras que ya arden, cruzados de la censura como esa bestia de Leeds y burdos complots que lejos de amedrentarme renuevan mis fuerzas. En esta época de alquimistas y filosofía *light* para lectores de supermercado, apelo a Nietzsche y te recuerdo que lo que no te mata te fortalece.

¡Harry Lime vive!

Hasta siempre, caro espía.

R.N.

Es casi de noche. La nieve ha dejado de caer desde hace un rato y las grandes estatuas del Ring, águilas, carros, caballos escarceadores, se perfilan en gris bajo los últimos rayos del atardecer.

—Es preferible renunciar a todo esto y olvidar —dice Ana.

No se podía caminar sin hundirse hasta el tobillo en la nieve, bañada por la luna, pues las veredas no habían sido barridas.

—¿Podría darme la dirección del doctor?

Se detienen junto a una pared para que ella escriba la dirección.

—La suya también.

—¿Para qué quiere usted la mía?

—Puedo tener noticias que comunicarle.

—Ya ninguna noticia puede resultarme agradable.

Desde lejos la veo tomar el tranvía, bajando la cabeza para luchar contra el viento, minúsculo punto oscuro de interrogación, que se destaca sobre la nieve.

El autor de mis días duda sobre cómo seguir y no le ha parecido exagerado que con la señorita Schmidt pasáramos de beber ese té insulso en el teatro a caminar por la nieve antes de despedirnos. Seguramente el señor Greene había desarrollado esa escena de otra manera, o al menos dejado que las acciones se sucediesen con cierta lógica. ¿Cómo estar seguro? Ya he dicho que el autor no sólo copia, también modifica y ahora suprime, corta, altera la secuencia de mis preciosos, prestados minutos.

Puedo verlo a través de la ventana, cada vez más desmejorado y de mal color. Se ha dejado crecer el bigote, y una rala y canosa mata de pelo sobre el mentón. Detrás de él, donde se suponía que había una biblioteca atestada de libros, solo se ve una pared manchada y descascarada en la cual ha colgado una especie de lámina con la imagen de alguien de impermeable, ojos asombrados y cabello estirado hacia atrás. Nada fluye desde la espalda o la cabeza del autor, y la luz azulada que lo ilumina desde la pantalla aumenta la insanía de su semblante.

Llega un llamado telefónico al sistema. Ahora, tal vez por consejo de Lime, la música de Vivaldi ha sido eliminada de la trampa cazavoces. Antes de que la grabación se active, el autor pulsa una tecla y el micrófono direccional se pone en funcionamiento:

—¡Hola!

—¿Rogelio?

—Con él. ¿Quién habla?

—¡Por fin!, es Viv.

—¡Ah... Viv!

(El autor hace un gesto cansado y luego se despereza.)

—Esperaba hablar con una máquina.

—Ya ves... soy yo mismo.

(Con el pulgar y el índice de una mano se restrega los párpados cual si quisiera arrancarse los ojos.)

—Recibí el dinero... no voy a darte las gracias, pero, bueno, espero que en adelante no vuelvas a fallar. ¿Cobraste las notas?

—No es asunto tuyo de dónde salió la plata, Viv. También dio para el implacable Boris. ¿Algo más?

(Acerca su cara a la ventana y me contempla detenido en medio de la nieve, se impacienta y frunce los labios en un gesto desagradable.)

—Sí... al Pecas lo despidieron. Mejor dicho, lo enviaron al Seguro de Paro por tres meses. Es como si fuera un despido, porque la empresa va a presentarse en concordato. Tenés que hablarle, encontrarse.

—No va a funcionar, ese muchacho es muy orgulloso. Además, no sabría qué decirle. Tendría que seguir estudiando, ¿y Natalia?

(Ahora parece preocupado y el abatimiento se le nota en un resplandor gris que flota sobre su cabeza.)

—¿Cuánto hace que no los ves? ¿Un mes?

—Me encontré con Natalia hace dos semanas... me mostró un tatuaje, ¿sale eso? No era necesario, ese tipo va a hacerse humo en cualquier momento, el que venga después le va a exigir que se lo borre. Escribir sobre la piel, una locura...

—Necesita cosas que perduren, ¿podés entenderla?

—Todos necesitamos eso, vaya novedad. Voy a llamarlo al Pecas, a lo mejor puedo conseguirle algo en la redacción, comentarios sobre música o algo así.

(Sobre el autor hay una nube con forma de pulpo, grotesca y cambiante que empieza a girar y teñirse del gris al amarillo sucio.)

—Una changa que no va a darle ni para las cervezas del fin de semana. ¡Ah... quería decirte, me llamó tu hermana, está preocupada!

—-¿Preocupada?

—Sí, por vos. Se enteró de la pelea en el bar y alguien le comentó que estás involucrado en un plagio...

—¿Cómo? Eso es una canallada, ¿por qué no me llama a mí? Una barbaridad que vos repetís. No hay caso, la conspiración sigue firme.

(La nube detiene sus giros y empieza a fragmentarse en pequeñas nubecillas verde pálido. La mandíbula inferior del autor tiembla enloquecida.)

—¿Conspiración? ¿Qué decís?

—Nada... no tenés idea de lo que puedo soportar. Esta conversación puede estar pinchada y ya veo que usan a mi familia. Lo de siempre. Lo peor es que obtienen cómplices con total facilidad. ¿Tenés idea de que hay cosas que no deben mencionarse por teléfono en este país?

—Esperá, Rogelio, no imagines cosas, yo...

—Llamás solo para perturbarme, elegís la hora y los temas para que yo me altere. No cambiaste nada, Viv. ¿Cuánta plata precisás ahora? Ya me veo venir el chantaje: lo del Pecas, el trabajo, la bendita propensión al melodrama. Vendí la biblioteca con mil quinientos volúmenes juntados en cuarenta años: me estafaron, claro. Pero daba lo mismo, los hubiera quemado uno por uno porque ya no me interesaban. Varias primeras ediciones, todos los que tienen la firma del autor, la colección completa del Séptimo Círculo, el Tesoro de la Juventud y los mejores Clásicos Jackson, ¿qué más quieren? Si esto no es una conjura, ¿qué es?

(Las nubecillas verdes se agrupan en un círculo y empiezan a ascender con un movimiento espiralado y diabólico. El autor abre los brazos en un gesto que ya le he visto antes, generalmente previo a un estallido de ira.)

—Pero Rogelio, yo...

—No me interrumpas: hay más. Los terrenos van a remate, flamean ya las banderas, sin base y al mejor postor. Ya tengo colocados los dos Gurvich y el Montiel, aunque me parece que los estoy regalando. Lo demás lo tenés vos y por mí vendelo también, Viv.

—Te volviste loco, ¿qué terrenos? Y la mitad de esos libros eran míos.

(Ahora el autor se toma con ambas manos la entrepierna y parece sopesar un volumen invisible.)

—¿Tuyos? No puedo creer que realmente lo pienses. Una redomada ignorante como vos no puede leer jamás setecientos libros sobre nada. Veo que tu abogado te hace fantasear.

—Bienes gananciales, Novaris. Y no podés vender nada sin mi autorización. Los cuadros no los toques, no toques nada sin consultarme, no tenés ningún derecho a tomar esas decisiones.

(El autor parece respirar con dificultad y una niebla fucsia y añil empieza a envolverlo. Sus pupilas se dilatan y pequeñas gotas de sudor perlan su frente.)

—Tengo ya las cajas, Viv, y también suficientes bolsas: un viejo proyecto se me ocurre ahora... cuidado con lo que decís.

—¿Cajas? ¿Qué cajas?

—Los cuchillos esos que tanto te gustan, la bañera... antes de cortar el cuello se embolsa la cabeza y te ahorrás un poco de enchastre. Posiblemente, después me mate...

—¿De qué me hablás? ¿Matarte? Me parece que no debería haber llamado, te estás poniendo desagradable.

(El autor sonríe con un rictus inédito, demente. Temo que ahora se olvide de mí y me deje a la intemperie, mientras Viena se enfría cada vez más y yo no tengo la más mínima posibilidad de dar un solo paso hacia ninguna parte.)

—¡Ah, el horror! Siempre es así. Se muere. No se comprende nada. No se tiene nunca tiempo de aprender. Te empujan al juego, te enseñan las reglas y, a la primera falta, te matan. Llegamos demasiado tarde para los dioses y demasiado pronto para el Ser. Somos un poema que ese ser ha empezado...

—¿Qué decís, Rogelio, te sentís bien?

—Nada..., es solo un licuado de Conrad, Hemingway y Heidegger... solo palabras ajenas, las únicas que me pertenecen.

(Se rasca la cabeza, está a punto de llorar.)

—Puedo ir para allá, Rogelio, ¿qué pasa? Respirás mal...

—¡Basta de estupideces! Tu compasión es algo monstruoso, una sustancia pegajosa, molesta. Puedo verte, asustada por tu cuota de culpa en todo esto y la jodida piedad llegando sin pedir permiso. Voy a cortar ahora, antes de que termine de enfermarme. La moral es la debilidad del cerebro, bruja maléfica, y eso lo dijo Rimbaud que terminó vendiendo esclavos.

(Se siente un sollozo y un hipar entrecortado. La ha hecho llorar y posiblemente enmudecer.)

—Mañana voy a donar sangre y a que me paguen por ello, conozco gente que lo hace regularmente. ¿Qué más? Podría también vender este maldito armatoste que me tiene atrapado con novela y todo adentro. O salir a robar, dicen que es fácil y que una vez que empezaste no te para nadie, ¡pum, pum!, venga la guita, como Al Pacino en *Tarde de perros*. O donar un riñón, ¿cuánto vale un riñón? No sé, en el mercado negro deben cotizarse bien, Viv. Un riñón mío, fijate, el riñón del autor de *Palomas y gavilanes* que ahora se entrega al plagio y a la violencia con asiáticos. ¿Qué decís, estás de acuerdo, es ganancial un riñón?

(Se escucha un llanto convulso y entrecortado y luego el clic del tubo sobre la horquilla.)

—No soportan la lucidez, están hechas de miedo y atávicos impulsos ováricos, e ignoran que la desdicha, como la piedad, puede convertirse en un hábito.

(El autor emerge de una densa neblina violácea que se agita como si estuviera compuesta por miles de avispas. Poco a poco la nube se disipa y otra vez veo, detrás de su pequeña figura encorvada, la pared desnuda y el retrato del desconocido.)

Ignoro cómo el autor de mis días me ha
rescatado del helado atardecer vienés, cuando
vi a Ana Schmidt alejarse en un tranvía y me
ha llevado hasta la puerta de un tal Winkler,
médico y supuestamente amigo de Harry Lime. "Prerrogativas del narrador omnisciente",
dicen en el disco duro, como si esa facultad
fuese un atributo natural de mi creador. En todo caso debo aceptar esos traslados instantáneos de un sitio a otro y de una situación a la
siguiente. Por ahora sigo avanzando y les llevo
una ventaja: mientras ellos —me refiero a
Kurtz, a Calloway, a la misma Ana Schmidt o
al portero del edificio— creen que Harry está
muerto y enterrado, yo sé que todavía vive:
acabo de confirmar su indudable existencia en
la fama, dimensión cuya sustancia no llego aún
a entender. Claro que también he escuchado
sus mensajes en el sistema de captura del autor
o leído su última misiva. De ahí que la pesquisa que estoy desarrollando me resulte tediosa;
preguntar para confirmar la muerte de alguien
a quien creo vivo y por ahora oculto, se me antoja un extraño simulacro. Pero debo obedecer
a la trama, que también suele llamarse destino.

El doctor Winkler está en su casa. A lo mejor no hubiera estado si un oficial de policía hubiese preguntado por él. Una vez más había agregado a mi tarjeta de visita las palabras mágicas: "Un amigo de Harry Lime".

La sala de espera del doctor Winkler me causa la impresión de una tienda de antigüedades... una tienda de antigüedades especializada en objetos de arte religioso.

Hay allí una extraordinaria cantidad de crucifijos, el más moderno de los cuales debe ser del siglo XVII. También veo tallas de madera y de marfil.

Observo una cantidad de reliquias: partículas de huesos con el nombre de algún santo, en medio de marcos ovalados sobre un fondo de papel de plomo. Si son auténticos, ¡qué extraño destino —pienso— para un pedacito de falange de Santa Susana, el de venir a descansar en la sala de espera del doctor Winkler! Hasta las horribles sillas de altos respaldos parecen haber sido sitiales de cardenales. Es una habitación mal ventilada y busco instintivamente el perfume del incienso. En un cofrecito de oro hay una astilla de madera de la Cruz. Un estornudo me vuelve a la realidad.

El doctor Winkler es el médico más limpio que yo haya visto jamás: bajito y muy atildado en su traje negro y su cuello duro. Su fino bigote negro parece una corbata de *smoking.*

Estornuda de nuevo. Quizá se ha enfriado a fuerza de estar limpio.

—¿El señor Wallace? —dice

Siento el deseo irresistible de mancharlo.

—¿Doctor Winkler? —pregunto.

—Doctor Winkler.

—Tiene usted una colección muy interesante.

—Sí.

—Esos huesos de santos...

—Son huesos de pollo y de conejo.

El doctor Winkler saca de su manga un gran pañuelo blanco, con el ademán de un prestidigitador que hace aparecer la bandera de su país, y se suena dos veces, con limpieza y meticulosidad, tapando cada una de sus fosas nasales. Uno casi espera que tire el pañuelo después de usarlo.

—¿Podría decirme el motivo de su visita, señor Wallace? Me espera un cliente.

—Usted y yo fuimos amigos de Harry Lime.

—Yo era su médico de consulta —corrige el doctor Winkler, pacífico y obstinado, entre los crucifijos.

—Llegué demasiado tarde para asistir al sumario. Harry me había invitado a venir a reunirme con él y me había pedido que lo ayudara, no sé muy bien en qué. Al llegar me enteré de su muerte.

—Es muy triste —dice el doctor Winkler.

—Dadas las circunstancias, usted comprenderá que yo trate de obtener todos los informes posibles.

—No puedo decirle nada que usted ya no sepa. Fue atropellado por un automóvil. Cuando llegué ya estaba muerto.

—La policía —digo— implicó a Harry en una cuestión muy grave de mercado negro. Tengo la impresión de que pudo ser asesinado o que hasta pudo suicidarse.

—No lo creo.

—¿Está usted totalmente seguro de que fue un accidente?

El doctor Winkler estira la mano y endereza un crucifijo.

—¿Cómo estar seguros de algo? ¿Por qué no pensar que cualquier muerte sirve solamente para confirmar una teoría? La propia Cruz es una prueba. Cristo traicionado y asesinado tal vez cumplió una parte del plan, como Iscariote o el centurión. En cuanto a Harry, yo no estuve presente. Mi opinión se limita a la causa de la muerte. ¿Tiene alguna razón para no creerlo?

—Apenas una frase en el reverso de un sobre —digo.

—¿Usted cree que la muerte de Lime es consecuencia de un complot?

—Más bien creo que su vida lo es.

—No estoy calificado para expresar una opinión.

—¿Conoce usted a un hombre llamado Cooler?

—No creo.

—Estaba presente cuando mataron a Harry.

—Entonces debo de haberlo visto. ¿Lleva una peluca?

—No, ése es Kurtz.

—Había un segundo hombre —dice.

Sr. Alfonso Iglesias Figueroa
12, Parliament Road, 12.009
Leeds, Yorkshire, U.K.
De mi consideración:
Motiva la presente acusar recibo de su *mail* llegado ya hace algunos días y no contestado, me adelanto a decirlo, por haberme tomado suficiente tiempo para salir de mi asombro.

Leído varias veces el mensaje de marras y no contando con más elementos de juicio que los que usted mismo me suministra, debo concluir que su injerencia en mis asuntos es, desde todo punto de vista, intolerable. Asumo también que la complicidad del señor García en su operativo amerita otro tipo de reflexiones que no juzgo prudente expresar aquí.

Como usted mismo afirma, "vayamos a las tinajas":

1) Lo que yo esté haciendo con mi obra es un asunto de mi entera incumbencia, que no necesita autorización ni permiso de nadie para desarrollarse y que, en tanto se realiza en un ámbito privado y personal, esto es, el ambiente de mi casa y mi escritorio, no se some-

te a escrutiño alguno por parte de terceros extraños.

2) La circunstancia de que esa tarea involucre al señor Graham Greene y a su famoso texto *El tercer hombre* no amerita ningún tipo de censura, restricción, recomendación o advertencia por cuenta de nadie que no sea el propio Greene o, en su defecto, sus "legítimos" descendientes, como gusta decir el mediocre secretario Bauprés Samaniego.

3) La sociedad o club que usted integra carece de poderes o investidura suficientes como para interferir o detener nada de lo que yo esté escribiendo. Su interés policial sobre mi obra y las groseras amenazas que se deslizan en el final de su carta no hacen más que confirmarme que son ustedes un grupo de lunáticos indignos del maestro al que pretenden custodiar.

4) *Last but not least*: sólo podrá acceder a mi obra en marcha cuando esta esté finalizada, corregida, editada y comercializada en librerías. Mientras tanto atienda a sus perros y hurgue basura en otra parte.

Atte.,

Rogelio Novaris Bongiovanni

El autor abre el archivo Apuntes para Nov. y escribe:

Harry Lime me pide que lo rescate y afirma que gracias a mí ha regresado.

He dicho, creo, que es un personaje de Shakespeare extraviado en Viena. En realidad se parece más a uno de Kafka: Harry L.

Si cambiamos épocas y ciudades, todo encaja. Harry es también, como Josef K., la paradoja de la culpa que persigue al castigo, solo que lo hace a través de su amigo de la infancia.

Martins —ahora, gracias a mí, Wallace— investiga su muerte sólo para descubrir su vida. Necesita con desesperación saber la verdad: cómo murió y por qué sigue vivo; luego, al develar el enigma atroz de los negocios de Harry, la repugnante ocupación de comerciar penicilina adulterada, asume ser el señuelo para atraparlo. Pasa de amigo a traidor y cumple con su ignorada misión en Viena: suministrarle a Harry Lime su castigo, la redención final de morir en las cloacas, atrapado como una rata.

Desde las alturas de la rueda gigante del parque Prater, al oscuro laberinto de túneles subterráneos que recorre Viena, la inasible condición humana se nos representa en forma modélica en Lime. Pero es muy poco lo que sabemos de él para comprender cabalmente su abyección. Gasta un cinismo seductor y una maldad, que de tan inescrupulosa, se nos antoja impostada. Tiene amigos, una amante patética, fuma cigarrillos egipcios y convoca misteriosamente a su antiguo condiscípulo por motivos que nunca aparecen claros en la trama. ¿Por qué ese hombre inteligente y tal vez agradable, médico de profesión, mundano y solvente en medio de la desolada Viena de posguerra, aplica su talento a un comercio tan vil?

El Harry que me habla y ahora me escribe, tiene razón: pasa de muerto a sombra que deambula en la noche, de sospechoso a culpable, de amigo entrañable a enemigo criminal en un habitáculo de Rueda Gigante, sin que le sea permitido justificar su proceder, salvo en apenas un par de diálogos efectistas. Lime es, sin dudas, el Mal. Pero para un católico como Greene ese mal tiene resonancias religiosas. Es un torpe recurso atribuirle al mal que Harry encarna una motivación económica: veinte libras por cada persona que desaparece allá abajo, al pie de la rueda que simboliza, qué duda cabe, el Universo, la altura inaccesible, la lejanía, la distancia de los designios de un ser superior que, sin que podamos jamás comprender sus manejos, nos ha condenado a la muerte desde que nacemos.

Greene afirma: "el mal se parece a Peter Pan... posee el privilegio horrible y espantoso de la juventud eterna". Otra paradoja: la esencia del mal en Lime radica en que no ha conseguido volverse adulto. Mata o enloquece a niños suministrándoles penicilina mezclada y rebajada con arena porque él mismo no ha logrado crecer. Lo quiere hacer inimputable en tanto no maduró: absurdo.

Pero también lo dice creyente y misericordioso, cruel de una manera gentil, ya que su actividad no perjudica a las almas. Para Lime, sus clientes están mejor en donde están. "¡No pierden mucho los pobres diablos!", afirma sin escrúpulos. ¿Es que su crueldad y oscuras motivaciones no son más que una cifra de esa otra crueldad que es la omnipotencia de un ser superior? ¿Cuál es la diferencia entre la penicilina adulterada que Lime suministra y un defecto genético, una cardiopatía o el súbito ataque de la meningitis, imputados al azaroso destino porque Dios lo quiso?

Debo explicar esto porque Greene no lo hizo. O lo hizo desde siempre con sus sacerdotes alcohólicos con crisis de fe, sus curas tercermundistas peleando por el reino en la tierra, sus impávidos americanos testigos del horror o sus cínicos cónsules secuestrados. En todo caso debo hacerlo porque las únicas palabras que me pertenecen son las ajenas, las que ya están impresas y formuladas. En este siglo ya nada puede escribirse. Desde Kafka para acá todo ha sido dicho, porque *El proceso* fue después reescrito y escenificado por la misma realidad. Todo se repite y se olvida, todo ha sucedido y seguirá sucediendo, y este extraño oficio sólo nos permite provisorias variantes de lo mismo. Metido en los zapatos de Graham —qué holgados me quedan—, a horcajadas de Lime o del tonto de Martins, recorro sus huellas, los indicios esparcidos por la helada Viena posterior a la tragedia, y busco la puerta que no existe.

Recién hoy puedo ver que no hay amor en mi empeño, solo impotencia y resignación.

Lunes, 07:16:43 PM

Tras días de inmovilidad y espera, el autor de mis días ha regresado a la novela y mis bytes se recomponen otra vez en los protocolos que configuran el texto. Sus consideraciones últimas sobre su tarea no han hecho más que confundirme, ya que toda esta pesquisa que me ocupa no es para encontrar a Harry Lime, sino para hallar una misteriosa puerta. Ha mencionado al señor Greene y a un señor Kafka, del cual en el disco duro no se tienen noticias, salvo por un breve e inquietante epígrafe de su autoría:

El bien, en cierto sentido, es desolador.

En algún momento y por una ignorada necesidad, el autor introdujo esa frase en el archivo *Cash*, que desde hace meses no se abre ni se modifica. Desde tiempos remotos ha ido acumulando sentencias de ese tenor hasta configurar una especie de plantío que refulge desde los abismos del disco. Por lo que pude averiguar *"cash"* es una palabra inglesa, una expresión de uso corriente referida a la moneda o el dinero, al pago de algo en billetes "contantes y sonantes".

En el vasto páramo del documento, los epigramas se agrupan simplemente por orden de sucesión. El más breve es el primero, acaso el que me produce más asombro:

Pienso, luego existo

que firma un señor Descartes. También hay otro brevísimo, cuyo autor es alguien llamado Yahvé:

Yo soy el que soy

desoladora tautología, reversible y atroz, que nos remite a una situación aparentemente sin salida.

Finalmente, el cursor señala la última línea del texto en el cual me demoro —la sala de espera del doctor Winkler, el museo de reliquias, los crucifijos, etcétera—, y la escritura opera otra vez el mecanismo de mi existencia. El autor lee lo escrito y mueve negativamente la cabeza. Empiezo a temer lo peor: la barra del cursor señalando y cubriendo parte del texto, para poner mis trabajosos últimos instantes en el umbral del borrado, o el complejo operativo de cortar y pegar, lo que me puede llevar a otra parte, al pasado o, peor, a esa provisoria celda llamada Portapapeles. Bien sé que ese siniestro rincón del disco duro es la antesala del olvido, cuando se permanece encerrado y virtual, aguardando que la línea de texto o el capítulo entero recuperen su status en la narración, posibilidad que rara vez se cumple.

No obstante sucede lo inesperado.

Desaparezco de la sala de espera del Dr. Winkler y soy instalado en el despacho de Calloway sin más demora que lo que va de un punto y aparte al renglón siguiente.

Estamos sentados frente a frente con un escritorio de por medio y Calloway me ofrece un cigarrillo. Me pide informes sobre Kurtz, Ana Schmidt y un tal Cooler, a quien no conozco todavía. No obstante respondo satisfactoriamente, como si ya lo hubiera visto. Muy extraño, claro. Soy el sustituto de Martins y como tal estoy ante Calloway, repitiendo, como un actor aficionado, parlamentos aislados de una obra incomprensible. *"Un cuento contado por un idiota con estrépito y furia"*: las palabras se agitan desde el archivo *Cash* como si su correspondencia con mi situación fuese inducida por el propio programa de texto. ¿Acaso ese súbito vibrar sea "recordar"?

—Usted se ha movido mucho —comenta Calloway—. ¿Descubrió algo sobre su amigo?

—¡Sí! Ustedes lo tenían en las narices y no lo vieron.

—¿De qué se trata?

—Que fue asesinado.

—Explíquese —dice el militar.

—En realidad había un tercer hombre.

Con torpeza y bastante confusión intento explicar esa paradoja, ese truco de prestidigitación narrativa, sin saber a ciencia cierta cuántos hombres había en el accidente. ¿Debo contar a Harry Lime en esa suma? ¿Tres hombres con él incluido? ¿El chofer, Harry y dos más sin incluir al médico? "Éramos solo tres: Kurtz, el chofer y yo. Y el doctor, por supuesto. Sin duda pensaba usted en el doctor", se supone que me había dicho Cooler en la entrevista que jamás mantuvimos. Por su parte, el vecino de Harry Lime, que observó todo desde una ventana, habló de tres hombres más el chofer, antes de la llegada del doctor. Eso suma, si contamos al muerto, seis hombres incluyendo al chofer.

—¿Tiene algún testigo, alguna prueba de lo que dice?

—No.

No tengo prueba alguna porque ni siquiera es verdadero que yo haya dado vueltas por ninguna parte. Soy un epígono vacilante de alguien cuyas huellas se van tornando cada vez más borrosas como para que yo pueda seguirlas. No es posible que Calloway no advierta que actúo como un impostor, respondiendo como un autómata sobre asuntos que ignoro. Todo se me antoja una trampa instalada desde tiempos inmemoriales. "No se tiene nunca tiempo de aprender. Te empujan al juego, te enseñan las reglas y, a la primera falta, te matan", ha dicho el autor en diálogo con la máquina por la que escucha voces. Debo tener en cuenta esa aseveración y estar prevenido sobre lo que pueda sucederme.

(¿No?) Querido amigo:

Tras recibir tu último catálogo de bajezas, he quedado tan perplejo que resolví tomarme unos días antes de responderte. Me ocuparon, además, otros asuntos, como preparar mi ponencia para un congreso en Brujas, al que iré la semana entrante. Se trata de un simposio sobre la clonación de órganos, proyecto que apunta decididamente a ser la gran revolución de la biología del siglo que viene. No voy a insistir sobre la trascendencia de este tipo de avances porque estoy seguro de que con tu ánimo actual me responderás con las habituales chanzas de tablado que conocemos.

En cuanto al hecho de haber mostrado fragmentos de tu obra a extraños, mi único ánimo fue beneficiarte, ayudarte a salir de la confusión. Hablé con esa mujer sobre ti, precisamente, con la intención de obtener un punto de vista imparcial y a la vez documentado, experto, por emplear un término técnico. Como comprenderás, fue una circunstancia casual la que me vinculó a Adela, y al conocer sus actividades en Leeds, me asombró la coincidencia: una devota de Graham Greene, alguien capaz de darme una visión objetiva sobre tu proyecto. El resto —incluyendo el mensaje de su comedido cofrade— no me involucra y espero que lo tomes como una de las consecuencias de la fama. Yo no les pedí que te escribieran ni que intercedieran para disuadirte de tu ostensible plagio. Pero puedes estar tranquilo: no creo que esto pase a mayores. Para ellos, lo tuyo no es más que una rareza, el mero desvarío de un escritor ocurrente y desnorteado.

Sobre lo medular: tu idea sobre la traición no deja de sorprenderme. El que traiciona busca un beneficio, para sí o para un tercero. No veo dónde están mis treinta monedas ni para qué han de servirme. Incluso, si la única finalidad de mi acción fuera una satisfacción personal, no veo cuál sería. Otro desvarío de tu parte, que se agrega a tu creciente paranoia.

Hasta aquí mis puntualizaciones, que espero den por concluidas tus sospechas. A partir de ahora te propongo olvidar este inútil debate y recuperar el buen tono de nuestra correspondencia. Prometo no indagar más en tu obra ni referirme a ella bajo ninguna circunstancia. Tampoco comentarla con terceros, ni siquiera en términos elogiosos. Un caso acabado.

Espero reencontrarme, en la próxima, con una mano tendida de tu parte. En este momento me estoy sirviendo un trago que pienso beber a nuestra salud.

Hasta pronto y que Dios te guíe.

Alfredo

Viernes, 04:16:44 AM

(¿No?) Querido e inoportuno Alfredo:

Me disponía a encarar mi tarea —lo hago en la madrugada ya que los ruidos molestos disminuyen y la propensión a ser interrumpido decrece— cuando tuve la mala idea de indagar en mi *mail*. O mientes como un tahúr o bebes a las ocho de la mañana, lo cual no es muy recomendable, sea cual sea la intención del brindis. De todos modos, no tuve escapatoria y me aboqué a leer tus escolares reflexiones sobre la traición y la inocencia.

Yendo de una vez al punto, tiendo mi mano. Pero con el dedo mayor enhiesto y los otros cuatro arracimados sobre la palma. Agotados los argumentos con que te propusiste desbaratar mi plan, de golpe apelas al olvido y a la diplomacia con retórica de supermercado. Banalizar un tema es una sutil señal de desprecio: "no vale la pena que nos enemistemos por esto". Primero toquetear, manosear mi trabajo, escrutarlo con terceros, mofarte. Luego encarpetarlo en la sección de asuntos inútiles o superfluos y aquí no ha pasado nada.

¿Cuáles fueron tus treinta monedas? Tu factible polvo con esa inglesa ridícula a la cual abordaste con los argumentos que mi obra te facilitó. Me imagino la situación: incapaz de interesarla con tus aburridas ovejas o la infatuada charla sobre la partenogénesis, la encandilaste con la esforzada gesta de un servidor. Disparada ya su curiosidad y febril en la obtención de pruebas sobre mi sociedad con Greene, se ofrece a cambio de las páginas llegadas a ti por error.

Obtenido el valioso botín y habiendo olvidado ya tus flacas canillas y tu floja mueca de saciedad, la meretriz de Albión entrega a la bestia hispana de Leeds la paga de tu placer, cual haría con su macró. Una historia edificante por donde se la mire.

No hay dos lecturas sobre esto. Pero si al menos pudieras recapacitar sobre tu error, algo ganaríamos.

Te prevengo que el asedio y las amenazas han templado mi espíritu. Tuve que vender mi biblioteca —en realidad está en un depósito, como garantía de un préstamo—para pagar deudas y continúo soportando a un simulador que pretende atormentarme fingiendo ser Harry Lime. Para colmo, sospecho que mi editor tiene dudas sobre la publicación de este texto mejorado de Greene. Cuando le referí mi plan intentó desviar la conversación hacia una posible reedición de *La muralla china*, agregándole dos cuentos nuevos. Por supuesto que no le entregaré nada nuevo salvo *El tercer hombre* en su versión definitiva. Ya imagino su tapa: un fotograma del film, la imagen de Orson Welles cuando es iluminado de golpe, semioculto en el portal. Hay que aprovechar la simbiosis del actor con el personaje. ¿Qué otra cara podría tener Harry Lime que no sea la de Orson?

Bueno, no quiero adelantarme. Me falta bastante todavía para concluir este necesario ajuste. Pero desde ya te digo que Lime no muere y que Martins —Wallace ahora— no lo traiciona. Quizá Harry Lime y Ana Schmidt se casen en la Catedral de San Esteban, un mediodía de sol.

¿Qué tal, viejo? Sigo en control y la escritura avanza.

Hasta pronto y no le cuentes esto a nadie.

Rogelio

P.D.: Un biólogo clonador en un congreso de Brujas no deja de ser una oportuna metáfora.

¿Cómo puedo explicarlo? Ha sucedido algo extraordinario: de pronto entiendo en dónde estoy.

Viena es la antigua capital del Imperio Austro-Húngaro, fundada por los romanos un siglo después de Cristo, quien dijo ser el hijo de Dios y murió crucificado en Jerusalén, ciudad de Judea, etcétera. La dinastía de los Habsburgo dominó el imperio por seiscientos cuarenta años, comenzando por el duque Rodolfo I y terminando con el emperador Carlos I, en 1918. En el siglo XIII, la ciudad necesitó nuevas murallas, las cuales fueron financiadas por los ingleses, ya que en 1192, el duque local raptó al rey Ricardo I, que regresaba a Inglaterra de la Tercera Cruzada y lo retuvo en prisión durante dos años, hasta recibir un cuantioso rescate. Desde finales del siglo XVIII hasta la Primera Guerra Mundial, la cultura vienesa, especialmente la musical, fue famosa en toda Europa: Haydn, Mozart, Beethoven, Schubert, Brahms, Strauss, Mahler y Bruckner, todos vivieron en Viena y compusieron su música. Volviendo a las murallas, las mismas duraron hasta 1857, cuando el emperador Francisco José decretó finalmente su demolición y fueron reemplazadas por la famosa Ringstrasse o Calle del Anillo, muy cerca de donde, precisamente en la Berggasse, 19, se encuentra el departamento de Sigmund Freud, padre del psicoanálisis.

Puedo referir más datos sobre Viena o lo que sea vinculado a esta historia, mientras el autor de mis días se demora en reiniciar la trama, cuando todavía estoy ante Calloway, bajo sospecha de asesinato.

El regreso fue como siempre: el despertar, la aceleración del procesador Pentium de 233 megaherzios, las avenidas de ceros y unos, ordenándose y recomponiendo mi existencia y la de los demás copartícipes de esta historia, y de pronto, con el deslumbrante murmullo de cien millones de *diskettes* corriendo a la vez, algo dorado y circular ingresó al sistema desde el exterior. Sobre el escritorio, ese dilatado rectángulo plano y fosforecente donde conviven los iconos, la pequeña imagen de la Unidad E nos informó que el lector de CD Rom había operado el milagro. Los gestores de vínculo se accionaron prestos, y doscientos cuarenta y siete megabytes de información latieron al unísono. Con la violencia de un maremoto —jamás vi uno, pero ahora puedo describirlo en detalle— un flujo de datos inabarcable, colosal, desarrolló instantáneos enlaces con cada byte de mis días. Cada palabra encontró su definición y origen semántico;

cada lugar, acción o nombre, su exacto significado, escueto o pormenorizado.

Dije que sabía donde estaba y les hablé de Viena. Puedo también referirme a Freud, a la *Sinfonía Júpiter* de Mozart, o describir las tortas que sirven en el café Vienne en la esquina de la Fleischmarkt y la Wolfengasse. Sé muchas más cosas, claro. Y están todas allí, en el misterioso disco dorado que el procesador reconoce o designa bajo el breve código E/3GE.

Habían pronosticado que, a la larga, podríamos aprender. Imagino que de eso se trata, entonces: un procedimiento antes previsto, una paciente magia que quizá anticipe otros logros como, espero, soñar. Pero todo es demasiado reciente como para establecer, a partir de ahora, algún tipo de conclusión sobre el futuro. Y futuro significa lo que ha de suceder en un tiempo contenido en el porvenir, que en mi caso implica encontrar a Harry o a la famosa puerta, permaneciendo equis cantidad de minutos, horas o días entregado al cumplimiento de la trama, fábula o peripecia que debo padecer en tanto personaje ficticio de esta narración.

Aquella extraña sentencia, que ahora sé que proviene de la Biblia, "la verdad os hará libres", no significa nada más claro ahora, cuando ni siquiera logro entender por qué le digo a Calloway:

—Quizá Harry estuviera mezclado en algo muy turbio. Tal vez trataba de liberarse y por eso lo mataron.

—Voy a revelarle —me dice— un número suficiente de hechos, relacionados con el caso de Harry, para que usted comprenda. Pero agárrese bien, va a recibir un golpe.

—La verdad siempre ha de ser un golpe —digo, sin necesidad de que el autor me lo imponga, sin saber si Greene antes lo había puesto en palabras de Martins.

Lo veo a través de la ventana: hace horas que su cabeza ha caído sobre su pecho y los restos de vómito se esparcen desde el mentón. Está dormido y nada fluye desde su cuerpo, ni siquiera esa tenue luminosidad que suele envolverlo mientras escribe. Dormir es una de las principales actividades del ser humano y a ella dedican, promedialmente, un tercio de la vida. Otro precioso conocimiento que la llegada del disco dorado me permite esgrimir. Lo que el sueño es al individuo, la muerte es a la especie: morir es el cese de las funciones vitales y el pasaje de la materia viva a su degradación orgánica, a la descomposición que libera los líquidos del cuerpo y corrompe la piel, músculos, tejidos y sustancia ósea, la más obstinada en pervivir.

Previamente a vaciar su estómago sobre el teclado y la camiseta, el autor de mis días abrió el documento Novela, y Calloway y yo regresamos al preciso instante en que el militar se disponía a golpearme con la verdad. En la inminencia de esa revelación hemos permanecido tensos y en silencio, aguardando que las siguientes líneas de diálogo introdujesen por fin el demorado secreto. El reloj interno del sistema marca que hace más de cuatro horas y veintiséis minutos que estamos detenidos en el borde del vacío, porque más allá del punto y aparte anterior no hay nada, solo la extensión de la memoria disponible.

De pronto un largo zumbido, como el que producirían millones de insectos avanzando al unísono, recorre mis bytes y los de Calloway, mientras toda la estructura del disco duro, girando a una velocidad demente, se empieza a estremecer. Algo ha despertado, una fuerza que anidaba en algún confín remoto de este universo se abre paso por los claustros de la memoria. El zumbido aumenta y se transforma en un tropel de ecos disonantes, de crujidos escalofriantes.

—La hora cero está a punto de sonar —dice Calloway.

—Esa es una frase de novela barata —respondo y reproduzco una respuesta del propio Calloway, varios capítulos atrás.

—Voy a revelarle —agrega— un número suficiente de hechos, relacionados con el caso de Harry, para que usted comprenda. Pero agárrese bien, va a recibir un golpe —repite Calloway, palabra por palabra, lo dicho renglones antes.

—El hombre no toma conciencia de su ser más que en las situaciones límite: Karl Jaspers —afirmo, y la frase me llega desde el archivo *Cash*.

—Si uno lo piensa a fondo, la idea es bastante insostenible ¿verdad? —repone Calloway.

Puedo disponer de miles de respuestas para esa duda y al buscar la adecuada me asalta la extraña certeza de que el autor ya no dirige la trama. Nos ha abandonado y ahora es el programa el que desarrolla una suerte de escritura automática. Es como si a partir de lo escrito pudiera inferir, tras múltiples enlaces lógicos, la continuidad de este diálogo con Calloway. No de otra forma puedo explicar el desgobierno en el teclado que el vómito tal vez ha inutilizado, sin que por ello los signos dejen de sucederse, impuestos desde recónditos pliegues del disco duro.

¿Sabe Calloway que hemos quedado solos? En el tranvía, atravesando la Viena helada, ¿puede Ana Schmidt sospechar este abandono? Y Harry Lime, ¿saldrá por fin de su escondite para encontrarse conmigo, tal cual lo prevé la sinopsis argumental que el mensajero dorado incluye en uno de sus archivos de cine? Tiene razón el autor: el film ha acaparado toda la fama, y las largas piernas de Joseph Cotten son las que en este momento me sostienen.

Calloway me mira y puedo, finalmente, instalarle una cara, unos rasgos que ni Greene ni el autor describieron hasta ahora: los del actor Trevor Howard, a quien he reconocido por coincidencia o similitud a partir del epígrafe de un archivo BMP: *Trevor Howard, en su rol de Calloway en* El tercer hombre *(Gran Bretaña, 1949, dir. Carol Reed)*. En cuanto establezco la conexión, el zumbido y la confusión aumentan.

—La guerra, luego la paz (si esto puede llamarse paz) permitieron un gran número de maniobras dolosas, pero ninguna más vergonzosa que esta —me informa Calloway, impertérrito y burócrata, esgrimiendo un legajo de varias páginas—. Aquellos que hacían mercado negro con los alimentos tenían por lo menos el mérito de proporcionarnos alimentos, y lo mismo puede decirse de todos los traficantes que vendían productos escasos a precios abusivos. Pero el tráfico de penicilina era algo totalmente distinto —agrega, sin darse por enterado de que el sistema entero ingresó en estado de conmoción.

En medio del creciente caos, un texto se intercala:

Penicilina, *antibiótico derivado del moho u hongo* Penicillum notarum. *Las propiedades de este antibiótico fueron descubiertas en 1928 por el bacteriólogo británico Alexander Fleming, pero transcurrieron otros diez años hasta que pudo ser concentrada y estudiada gracias al trabajo del bioquímico británico Ernst Boris Chain, del patólogo también británico Howard Walter Florey (barón Florey), y de otros científicos.*

Como si la intromisión no le afectase, Calloway continúa:

—En Austria, solo se proporcionaba penicilina a los hospitales militares; los médicos civiles, aun en un hospital civil, no podían obtenerla por medios legales. Bajo su forma primitiva, el fraude era relativamente inofensivo.

Alguien ha llamado a la puerta del despacho de Calloway. Sin aguardar a que le respondan, un individuo vestido de túnica blanca y expresión sonriente ingresa a nuestro diálogo:

—Estamos en problemas, un virus se ha activado.

Calloway ni siquiera lo mira.

—¿Tiene algún testigo, alguna prueba de lo que dice? —respondo, apelando a un parlamento que debió aparecer algunas páginas antes.

—Soy el doctor Norton y mi trabajo aquí es detectar el virus, archivo por archivo y tratar de reparar el daño. Ni qué decir que si lo puedo extirpar, lo haré. Lamentablemente, la tarea profiláctica no fue eficaz porque el antídoto no fue actualizado. Ahora la invasión está en progreso y mi diagnóstico es sombrío. ¿Notaron ya las anomalías en su diálogo?

—¿Era amigo del doctor Koch? —respondo y Calloway asiente, sin dejar de repasar su legajo.

—Usted parece no entender —me increpa el recién llegado Norton—. En breve el virus habrá completado su proceso replicante y estará instalado en todos los archivos esenciales del sistema. Puede ser muy perverso con los textos del procesador, desagrupar sílabas y ordenar todas las letras por orden alfabético: kilómetros de aes, luego bes, sin una mínima pausa. O bien puede atacar en diagonal y abrir avenidas de vacío a lo largo de párrafos y párrafos.

—Por lo que me acaba de informar Calloway, es difícil conseguir penicilina por aquí, el tráfico ilegal, la adulteración...

—¿Penicilina? —Norton esboza una sonrisa más falsa que la que traía al llegar—, no sé a qué se refiere.

—Voy a revelarle —dice Calloway— un número suficiente de hechos relacionados con el caso de Harry, para que usted comprenda. Pero agárrese bien, va a recibir un golpe.

Las mismas insidiosas palabras dichas y reiteradas renglones atrás. Norton tiene razón: anomalías en el diálogo. Intento disimular la situación y explico:

—La penicilina actúa matando las bacterias e inhibiendo su crecimiento. Solo puede destruir a los organismos que están creciendo y multiplicándose, no a los que se encuentran en estado latente.

—¿Cómo es capaz de afirmar eso? —Norton sonríe pese a que el zumbido crece cada vez más. Unos destellos azulados cruzan el ambiente. Miro hacia la ventana para buscar la amada imagen del autor, pero él ya no está: solo hay una absoluta negrura, un vacío devastador.

—Se supone que lo sé, algo ha sucedido —intento referir el milagro del disco dorado, la azarosa circunstancia que me ha enfrentado a

Viena, a Freud, a Alexander Fleming, a Trevor Howard.

—Sé a lo qué se refiere: un envío desde ultramar ingresado sin las debidas precauciones. Un traicionero Caballo de Troya que llega envuelto en conocimiento prestigioso. El saber enciclopédico que siempre produce una inútil ilusión de poder: develar arcanos, avanzar en una carrera perdida de antemano, aprendices de Prometeos.

—El hombre que robó el fuego a los dioses —acoto con prescindencia de haber entendido lo anterior. Actúo por reflejo, mientras Calloway abandona su legajo y prosigue:

—Luego se organizó el fraude: los peces gordos vieron un buen bocado, y aunque el ladrón ganó menos dinero por su trabajo, obtuvo cierta seguridad. Cuando le sucedía algo se ocupaban de sacarlo del paso. La naturaleza humana tiene también extrañas razones que sin duda el corazón ignora...

—Pero en la noche negra del alma, siempre son las tres de la madrugada —interrumpo con otro texto de *Cash*, atribuido a Scott Fitzgerald. Norton sonríe y descubre el truco:

—Otra anomalía, los primeros daños ya están produciéndose. No sería raro que empiece la secuencia de autoborrado, que suele ser selectivo. La pérdida definitiva de la letra "n" o el sinuoso saltearse de toda vocal seguida de "s". ¿Hay aquí algún archivo con acceso bajo contraseña?

—Quisieron ganar más plata y más rápidamente mientras podían hacerlo —continúa Calloway, como si nada le afectase y todo estuviera bajo control—. Empezaron por diluir la penicilina en agua coloreada, y en el caso de la penicilina en polvo la mezclaban con arena.

—Para Sueños, hay una clave de ingreso —le informo a Norton y acoto sin poder contenerme:

—El hombre es un dios cuando sueña y un mendigo cuando piensa —y agrego—: Morir, dormir... ¿Dormir? Tal vez, soñar.

—Sueños, ya veo —murmura Norton, ahora preocupado pero sin perder su sonrisa—. Deberían migrar hasta allí, tal vez sea territorio más seguro. ¿Conoce la clave?

—Solo el autor la conoce —admito desolado y añorando mi ignorancia anterior.

¿Ha muerto el autor? El terreno de su creación ha sido invadido por un virus letal y su obra corre peligro de transformarse en un confuso pantano de letras. Por más que Calloway finja que todo va bien y continúe su relato sobre el tráfico de penicilina adulterada, prefiero confiar en este nuevo personaje, Norton, que se ha marchado para continuar su reparación de archivos. Antes de abandonar el despacho me advirtió nuevamente:

—Procure ingresar a Sueños.

Sigo pensando que mi prioridad es encontrar a Harry Lime, a quien Calloway ha acusado con minucia:

—Lo que más me horrorizó fue cuando visité el hospital de niños de Viena...

No quiero seguir oyéndolo y salgo a la noche helada. La ciudad me parece más precaria y ruinosa que capítulos atrás, como si hubiera padecido una reciente catástrofe de la cual yo no hubiera tenido noticias. Escucho el ensordecedor zumbido y la secuencia de crujidos que se multiplicaban. Buscar a Lime en medio de la invasión es, de alguna manera, cumplir con los designios del autor.

Camino sin rumbo por calles estrechas y descendentes, atravesando extensos baldíos de escombros. A cada paso tengo la sensación de que detrás mío todo va desapareciendo. Finalmente llego hasta la Iglesia de San Basilio, ominosa, y a esa hora cerrada a cal y canto. Frente al templo hay un cabaret, El Oriental, según informa un retorcido cartel incrustado en su exótica fachada de bazar. Meto las manos en el bolsillo y las cinco libras siguen allí, intactas e inútiles para comprar nada, ni siquiera el gin indescriptiblemente malo que sin duda venden en ese lugar. Sin hesitar, ingreso al pequeño tugurio.

En la barra del bar, atendida por un asiático de edad indefinida, hay algunos norteamericanos bastante animados, seguramente corresponsales o directamente espías. En las mesas se ve soldados gastando su paga y su licencia con alguna copera de mirada aburrida.

Me parece que adentro hay más frío que en la calle y una atmósfera que a Martins tal vez le hubiera agradado. Está claro que yo estoy allí por mandato de él, traído por las piernas de Joseph Cotten, empujado en el declive por el eco de la invasión, el zumbido trepidante y a cada segundo letal. Si para salvarme debía ingresar a Sueños, no quería hacerlo sin antes rescatar a Harry Lime. Pero antes tenía que beber hasta embrutecerme.

Elijo una mesa en un rincón apartado y aguardo. Se supone que eso es lo correcto cuando uno no tiene la menor idea de lo que sigue. Enseguida, una mujer se acerca, insinuante y predispuesta:

—¡Por fin! Estábamos preocupados... recibí sus disculpas por escrito, no eran necesarias —dice, mientras se sienta sin que yo la invite. Sus palabras son dichas en un tono extraño, no menos que las disculpas que menciona.

—Mi nombre es Alfredo Wallace y busco a Harry Lime —comento, apelando a una de las pocas certezas que tengo.

—Oíamos un poco de jazz, ¿no quiere venir?

Me mira con una condescendencia evidente y una familiaridad calculada.

—El jazz es el aporte norteamericano más importante del siglo a la cultura universal, pero me temo que tengo asuntos más urgentes que atender —le informo, y con una seña al asiático, pido que me sirvan.

—¿Entonces no irá, *malito*? —dice la mujer con un tono ronroneante. Desde una fonola remota llega el rumor de una música asordinada y sensual que puede ser de Mozart, Brahms o Duke Ellington, cuyas diferencias ignoro. Muy por debajo, el zumbido devastador sigue aproximándose.

—¿Cómo te llaman? —pregunto.

—Lavinia, doctora Loreley Lavinia —responde sin mirarme. De inmediato los enlaces lógicos recuerdan faxes y grabaciones telefónicas, invitaciones a jornadas sobre literatura islandesa y cartas de arrepentimiento por parte del autor. Tal cual Norton había diagnosticado, se estaban produciendo anomalías en el diálogo. ¿Qué hacía en Viena, en un mugroso tugurio, la famosa doctora Lavinia?

—Sublime melancolía de la distancia, dame el fervor para atravesar tu bruma —dice la doctora con aire ausente, falso.

—Explíquese, no le entiendo —repongo.

—Jónas Hallgrínsson, "Oda a Saedmund el Sabio". Ya ve cuánto se pierde al no asistir a nuestras jornadas.

—¿Jornadas?

—¿Entonces no irá, *malito*? —reitera la doctora Lavinia, mientras el asiático se acerca a mi mesa trayendo un líquido que se supone habrá de embrutecerme.

—Concédame la ventura de aceptar una copa y una disculpa personal —digo, de manera inevitable y fatua.

El asiático deposita mi bebida sobre la mesa y aguarda, atento y firme, a que le pague. Con una seña le solicito que sirva a mi amiga. Hace un comentario gutural y se retira. La doctora ensaya una negativa:

—Yo diría que sería mejor a su regreso, así conversamos sobre Dexter.

¡Dexter, ha dicho! Se refiere a Rollo Martins, a quien he sustituido. ¿Cómo interesarse por un fracasado? Me vuelvo hacia el mostrador para reclamar el brebaje de la doctora y aprecio que ya nadie hay en la barra, como si los parroquianos se hubieran desmaterializado dos segundos antes. Ahora sólo permanece el asiático que me responde con un rictus agresivo.

—Dexter ya no existe —explico.

—¿Existen aquí ediciones de sus libros? —insiste la mujer mientras yo bebo mi copa de un sorbo.

—Son tan difíciles de conseguir como las de Jónas Hallgrínsson, poeta islandés que escribió en el siglo XIX —acierto a decir, iluminado y conciso. Desde que el autor ha desaparecido, mis conocimientos mejoran. La doctora Lavinia no parece comprender lo que he dicho, ya que comenta:

—Quizá estuve un poco brusca, lo admito.

No sé a qué se refiere, pero su tono suena convincente y decisivo. Vuelvo a beber de mi copa, que hace instantes estaba vacía. El asiático llega con el pedido y otra vez intenta cobrar. Como no poseo dinero de ocupación ofrezco pagarle con las libras que no he podido gastar. Las dejo sobre la mesa y lo miro: la cara redonda y aplanada, los ojos pequeños y la frente estrecha. Huele a opio, a tabaco ruso, a licor barato de posguerra y a café frío, todo a la vez y repugnante. Toma los billetes, los estruja y me los arroja con un gesto de oriental desprecio, profiriendo otro monosílabo intraducible.

—Su vulgaridad me asombra y su cobardía me irrita —me increpa la doctora Lavinia.

Confundido, me pongo de pie y el licor me hace tambalear. Antes de que pueda decir algo, el asiático estrella su puño izquierdo contra mi cara y todo empieza a dar vueltas.

Estoy otra vez en la calle, todavía aturdido y con el pómulo hinchado. La doctora Lavinia y el asiático han desaparecido junto con todo el cabaret. De El Oriental no quedan trazas, como tampoco de la iglesia de San Basilio. No hay ni siquiera ruinas, sólo un páramo parejo de aspecto sólido y color indefinido. Una cuadra más adelante diviso algunas construcciones, precarias y deformes, que parecen reverberar con un resplandor mortecino. Miro hacia la ventana en busca del autor y solamente hay negrura y vacío.

Por fin desciendo por el mínimo trazado de la calle, ahora apenas una senda irregular y sinuosa que atraviesa montículos de nieve mezclada con basura. Debo llegar hasta el número 8 de la Teinfaltstrasse —dato misterioso que se me impone como una revelación— y las largas piernas de Joseph Cotten me hacen avanzar sobre extrañas nubes que crujen como guijarros. El zumbido aumenta cada vez más, mientras incipientes diagonales de bytes infectados empiezan a devorar el texto. Pese al peligro, avanzo ciego y sin detenerme por lo que va quedando de la ciudad, apenas algunos edificios imponentes y ruinosos y las precarias tiendas de los tomadores de apuestas y los kioscos de los traficantes.

No me tomo el trabajo de mirar si me siguen, ni de verificar si la sombra que acaba de moverse —quizá a causa del paso de una nube ante la luna— ha vuelto a quedar inmóvil. Pero al llegar a la esquina de la Schreyvogelgasse me vuelvo y veo, justo en un recodo, aplastada contra la pared para no ser vista, una silueta espesa y corta. Me detengo y observo largamente al personaje, al que necesariamente debo conocer porque es el momento de la trama en que el encuentro debe producirse. Me debo de haber acostumbrado gradualmente a esa idea durante estas escasas horas de existencia. Tal vez sea uno de los hombres que Calloway designó para que anotaran escrupulosamente mis movimientos. Me quedo allí, mirando a veinte pasos la forma inmóvil y silenciosa que me observa, a su vez, desde la oscura callejuela.

Lo que me parece conocido no es el rostro, pues ni siquiera distingo el ángulo de la mandíbula. No son sus movimientos, pues el cuerpo conserva tal inmovilidad que empiezo a preguntarme si no soy víctima de una ilusión, de un juego de sombras. Grito con voz perentoria:

—¿Qué quiere?

No hay respuesta. Grito de nuevo con esa irascibilidad propia de los borrachos:

—¿No puede contestar?

Hubo una respuesta, pues alguien, despertado por mis gritos, levantó la cortina de una ventana, y el rayo de luz, atravesando la angosta calleja, iluminó totalmente el rostro de Harry Lime.

El enlace es inmediato y el disco dorado gira a miles de revoluciones por segundo para ubicar la imagen con su correspondiente epígrafe, extraerla y exportarla directamente para que yo la vea: El portal número 8 de la Teinfaltstrasse, la luz bajando de arriba y lateral, la cara un poco regordeta y asombrada, los ojos entre aniñados y cínicos, la nariz pequeña y las solapas del abrigo levantadas: *Orson Welles en el rol de Harry Lime en* El tercer hombre *(Gran Bretaña, 1949, dir. Carol Reed).*

La luz se apaga enseguida. Yo no hago más que entrever al hombre (admitiendo que sea un hombre), cuando sale corriendo calle abajo. Pero ahora sí puedo tener la certeza de que Harry Lime y Orson Welles son la misma persona, del mismo modo que Calloway es Trevor Howard, Martins es Buck Dexter quien a su vez es Joseph Cotten, yo mismo, claro, gracias al autor.

No hay ninguna curva hasta mucho más lejos, pero yo estoy tan asombrado que lo dejo tomar treinta pasos de ventaja. Se dirige hacia un kiosco de revistas y desaparece ante mi vista. Me pongo a correr. Necesito diez segundos para llegar al kiosco. Sin duda me ha oído correr, pero lo extraño es que no aparece más. Doy vuelta al kiosco y no hay nadie. La calle está vacía. Es imposible que haya entrado en alguna casa sin encontrarse conmigo. Se ha volatilizado.

Tal vez la invasión ha operado sobre Harry Lime para borrar todos sus rastros o, acaso, realizó el famoso truco del sueño del autor, cuando su tienda, luego de que Harry entrase, se replegó sobre sí misma y desapareció. Está claro que él me vio y que la carrera hacia el kiosco es parte de un vistoso juego.

Mientras el zumbido es casi ensordecedor y la extinción de miles de bytes por segundo hace del suelo que piso una extraña alfombra elástica, me lanzo frenético en busca de un parque de diversiones. Debo llegar al pie de la rueda gigante y aguardar a que Harry Lime reaparezca tras el truco. Eso es lo que marca el argumento del film, resumido en el disco dorado con toda claridad. Antes debería seguir embriagándome, para después, en algún momento de la trama, pactar con Calloway una traición. Se supone que debemos atrapar a Harry Lime, el inmundo traficante. Por lo que sé, el autor en realidad quiere salvarlo, propósito que se cumplirá solamente si logramos llegar a Sueños.

Tras un trecho de caminata en medio de ruinas informes y humeantes, montículos de nieve sucia y cráteres que parecen recién abiertos, llego al lugar. El Prater aplastado, con su esqueleto hendiendo con líneas brutales la capa de nieve, está casi vacío. Ante un kiosco donde venden unos pasteles chatos, delgados y redondos como ruedas de carro, hay una cola de chicos con sus bonos en la mano. Algunas parejas de soldados armados a guerra se instalan juntos en el mismo vagón de la Rueda y giran lentamente sobre la ciudad, rodeados de vagones vacíos. Cuando el vagón llega a lo alto, la Rueda deja de girar durante dos minutos y se ven allá arriba los rostros minúsculos que se aplastan contra el vidrio.

Detrás del kiosco del vendedor de pasteles un hombre se pone a silbar una tonada que reconozco. Es la misma que el autor estuvo silbando alguna vez, machacona y circular, obsesionante en su monotonía y tan misteriosa como toda la música que uno pueda concebir. Se supone que esa melodía debe traerme recuerdos: la cacería de conejos en Brickworth, los años de colegio, la facilidad de Harry para fascinarme, su aire alegre que se adelantaba a los reproches, su manera de decir: "me aceptas como soy o me dejas...".

—¡Harry! —digo por fin al verlo venir.

—¡Rollo! ¡Qué tal! ¡Tu pómulo, míratelo!

Cree que soy Rollo, Rollo Martins, el amigo de la infancia que Graham Greene le deparó. No debo desbaratar esa impresión.

No me tiende su mano para saludarme, se contenta con tocarme el codo y —sin dejar de apreciar mi rostro magullado— me dice:

—¿Qué tal?

—Tenemos que hablar, Harry.

—Por cierto.

—Solos.

—Más solos que aquí, imposible.

Lo que afirma Lime es cierto: el vendedor de pasteles, los niños, la encargada de la Rueda han desaparecido. Sospecho que los soldados en los pequeños vagones también. No obstante, desde los montículos de desechos, nuevos grupos de niños asustados, y viejos cargando un complejo equipaje, avanzan en forma desordenada. En ese momento los crujidos aumentan y el zumbido se transforma en el ulular desgarrador de cientos de sirenas. El cielo —lo que acaso debiera ser el cielo— se ilumina de saetas que lo cruzan en todas direcciones: la aurora boreal del protector de pantalla se ha enloquecido y dispara sus rayos fuera de control. Pero Harry parece no inmutarse.

—Se supone que debía dar una propina a la mujer que vende los boletos, una treta para obtener un compartimiento sólo para nosotros dos —dice Lime, afable y distendido.

—En otros tiempos eran los enamorados los que hacían eso —agrega— pero ahora, pobres diablos, ya no tienen bastante dinero.

Esta es otra de las frases cínicas que se supone me definen, viejo. Bueno, subamos de una vez.

Por el cristal del vagón que sube oscilando, Harry mira con un aire de conmiseración que parece sincera las siluetas, cada vez más reducidas, que han quedado abajo.

Muy lentamente, de un lado desaparece la ciudad; muy lentamente del otro lado sube el gran esqueleto de la Rueda. A medida que el horizonte retrocede, el Danubio se hace visible y los pilares del puente Káiser Friedrich se elevan detrás de las casas.

—Vamos —dice Harry— da gusto verte, Rollo.

Me confunde otra vez. El autor debería aclarar este error de identidad, indicarle a Lime, a través del diálogo, los cambios operados en la historia para que él se salve. Y salvar, creo, es librar a alguien o algo de un peligro, poner a resguardo, proteger, desarrollar una acción de rescate, preservar, conservar intacto en sentido figurado y en el religioso, dar la salvación eterna. Para esto último y de acuerdo a ciertos textos llamados Sagrados, debe mediar una traición. El conocimiento, lejos de facilitarme la existencia, no hace más que confundirme.

—Estuve en tu entierro.

—Un ostensible truco para justificar el dorso del sobre y postergar esta famosa escena de nuestro encuentro —repone Harry, con gesto aburrido.

—Siempre supe que estabas vivo.

—Eso era obvio, por lo menos en el film. Cien mil grandes por un papel de quince minutos.

—¿De qué hablas?

—De esta cara y este cuerpo que han dado fama a Harry. No hubiera sido lo mismo con James Mason o Cary Grant.

—¿Orson?

—El más famoso habitante de esta Rueda, incorporada a las guías turísticas con similar status que el puente que estamos viendo. Aquí debo decir el único parlamento que el viejo Greene no escribió y que yo debí improvisar para que mi personaje fuera un poco más comprendido. Alguien odioso, claro, porque no tiene pasiones.

—¿Visitaste alguna vez el Hospital de Niños? —pregunto, intentando continuar con la trama—. ¿Viste a tus víctimas?

—¿Otra vez eso? ¡Oh, vamos! Puro golpe bajo sin pruebas suficientes para demostrarlo. La idea de las manchitas allí abajo, otro recurso cínico, adecuado a mi papel. Pese a todo, los he fascinado, viejo. Mi famosa maldad con *charme*, el encantador Harry. Veinte libras por cada manchita que queda inmóvil, muy ingenioso. Y toda esa lata con nuestra amistad: uno debe querer a sus personajes, pero no sentimentalizarlos. Claro que la Rueda siguió girando para siempre, un símbolo efectista. Odio los símbolos.

A través de la ventana veo cómo una saeta deslumbrante destruye el puente Káyser Friedrich. Por efecto del viento el pequeño vagón se sacude sin que Lime se preocupe. ¿Es acaso Orson el que habla? ¿Fue él quien grabó esos mensajes para el autor? ¿El que le envió misivas de aliento y encomio? Debo responder y no encuentro otros argumentos que los que el propio Lime le ha indicado al autor de mis días:

—Es fama que eres el mal, el maligno oculto en la helada Viena.

—¿Viena? Por lo que veo es Belgrado. Antes fue Sarajevo o Saigón. No importa dónde estamos, tal vez en ninguna parte. Las buenas conciencias siguen engañándonos con su retórica sobre lo que es justo. El enemigo de la sociedad es la clase media y el enemigo de la vida es la mediana edad. ¿Cuántas manchitas están los gobiernos dispuestos a sacrificar? Ahí tienes el mal. La única bondad que conozco reside en el arte, que siempre es desinteresado. Y en la infancia, claro. Cuando era chico quise escapar de la niñez. Desde que dejé de serlo no he hecho más que volver a ella.

El vagón está en la cúspide de la Rueda y cuelga, inmóvil, mientras las saetas incandescentes marcan con cicatrices de color el cielo, como papel arrugado tras las nubes negras.

—En nuestra época, viejo, nadie piensa en función de los seres humanos —dice

Harry— los gobiernos menos que nadie. Entonces, ¿por qué nosotros? Ellos hablan del pueblo y del proletariado. Yo hablo de los puercos contribuyentes. Es la misma cosa.

—He venido a salvarte, Harry. Si llegamos a Sueños, tal vez lo logremos.

—¿Salvarme? Recuerdo que luego de este encuentro oficiabas de señuelo para que me atraparan. No sé a qué te refieres con Sueños, solo nos quedan las cloacas y el tiro del final. Me hizo sudar tinta Carol bajo el nauseabundo subterráneo. Escribirlo es fácil, sobre todo estando en Capri. Fueron buenos tiempos igual, aunque me perdí de ganar una fortuna si sólo hubiera aceptado el bendito porcentaje que me ofrecían. Necesitaba dinero, porque Otelo era entonces mi obsesión.

—Otelo, famoso personaje de Shakespeare, poeta inglés nacido en Stratford-on Avon en... —respondo y vacilo, como si el esfuerzo de ubicar a Shakespeare en medio del zumbido insoportable de la invasión fuera demasiado para mi precaria condición.

—La tragedia de Otelo es que no puede imaginarse que exista alguien como Yago. A muchos críticos les pasa lo mismo y gracias a ello tenemos ocho bibliotecas llenas de explicaciones idiotas cuando todos deberían haber conocido a algún Yago si estuvieron en alguna parte. ¡Oh! Está moviéndose mucho esto, mejor bajemos.

—Necesitamos llegar a Sueños —insisto mientras el vagón se detiene para que descendamos. Salimos y Harry pone de nuevo una mano sobre mi codo:

—Siempre he pensado que ya todo ha sido hecho, pero es mejor no saberlo. ¿Ya dije la improvisada parrafada de los relojes cucú? Incluye un error, los relojes esos jamás se fabricaron en Suiza: en realidad son de Baviera. ¿Pero, a quién le importa? Lo esencial no está en ese detalle geográfico. ¿Sueños, dijiste? ¿Cuáles?

Al pie de la Rueda todo es escombros y humo, gente enloquecida que deambula cargando sus escasas pertenencias bajo la atronadora vibración de las saetas que cruzan brillantes el espacio. No reconozco a Viena en el atroz paisaje. Entre muros derruidos y cráteres humeantes, se expande el vacío y la letal destrucción del virus, que ha tomado la forma de ubicuas "equis" que avanzan al unísono.

Nos ha abandonado el autor.

Lunes: 08:16:33 AM

Hola, en este momento no puedo atenderlo. Después de la señal, deje su nombre y número de teléfono, que a la brevedad le responderé.

Rogelio... desconectá por favor esa máquina y atendé... sabemos que estás ahí. Al Pecas lo detuvieron en una razia, anoche... está incomunicado... estoy llamándote desde hace horas. Yo estuve en la comisaría y dicen que agredió a un agente, al parecer estaba bebido o drogado, qué sé yo, estoy desesperada. Natalia fue para ahí... Llamame, Rogelio...

Es Viv, que siempre importuna al autor cuando llama, aunque sospecho que esta vez se trata de un asunto grave. Podría explicarle a Harry quién es, pero no creo que le interese. El tiempo apremia y el camino a Sueños aparece sembrado de peligros. De ciudad ocupada pero pacífica, Viena ha devenido en un territorio atacado desde el cielo y minado en lo más profundo. Lime ha mencionado a Belgrado o Sarajevo, pero desde el disco dorado no me llega referencia alguna sobre ese nombre. Tampoco sobre Saigón o "ninguna parte". Presiento que Calloway ya no participa de la trama, como tampoco Ana Schmidt o el doctor Koch. Avanzamos mientras cada instante que nos precede se disuelve tragado por la invasión. Empiezo a añorar la interminable espera en el hotelucho del comienzo, cuando todavía dudaba de ser Malloy o Wallace y aún no había sustituido a Rollo Martins. ¡Qué breves y vertiginosos han sido mis días y qué poco los he podido aprovechar! Ni siquiera he intentado seducir a Ana Schmidt, circunstancia que el argumento me había deparado como otra especie de traición a Harry.

Vamos atravesando baldíos pestilentes y humeantes, mientras las saetas llueven sobre los edificios derruidos. Entre las ruinas, se escuchan los gritos de las mujeres que están siendo violadas por soldados enmascarados. De pronto los gritos cesan y solo se oye el último suspiro antes del tajo en la garganta y la risa enloquecida del agresor. De vez en cuando, un francotirador hace blanco en algún civil que corre entre los escombros. ¿Es nuestra condición de personajes decisivos en la historia la que nos protege de esa destrucción ciega?

—No recuerdo esta parte de la trama —comenta Harry, mientras resopla dando pequeños saltos entre los montículos de nieve, basura y escombros humeantes. Debería informarle que el autor ya no está en condiciones de copiar el texto de Greene y que todo lo que sucede es una evidente consecuencia de esa paradoja llamada azar o la no menos asombrosa del libre albedrío.

—No ha contado nada sobre ti —digo, como si ese parlamento hubiera quedado pendiente, varias líneas atrás.

—¿A quién te refieres?

—A Ana Schmidt.

—Es una buena chica —dice Harry con suficiencia.

—Te quiere.

—Dios mío, mientras duró, traté de que lo pasara bien. Pero por una razón de la que siempre estaré arrepentido, no le presté atención durante el rodaje, estaba muy chiflado por una italiana que no se interesaba en lo más mínimo en mi persona.

—No creo entender de quién hablas.

—De Alida Valli, claro, con toda su sensualidad a mi disposición en el plató. Bueno, eso pasó hace un millón de años. ¿No nos separábamos nosotros luego de la Rueda?

—Tenemos poco tiempo y por lo que sé, solo nos espera el mundo subterráneo donde esta historia habrá de resolverse. Me refiero a la persecución, el tiro de gracia, la misericordia luego de la traición, la postrer mirada y las famosas últimas palabras: "¡Pedazo de imbécil!".

—Entonces busquemos una caseta, el truco estaba allí. Ese recurso de magia siempre me gustó.

—Como la tienda que se pliega sobre sí misma en el sueño del autor, mientras el mineral molido se eleva en remolino hacia la luz. Tal vez si logramos llegar a ese sueño, estaremos a salvo. Una clave de cuatro letras es todo lo que necesitamos.

—-No creo que pueda soportar otra vez la pestilencia de las malditas cloacas. Había ratas verdaderas allí, además de nosotros. Otro símbolo. Y aquellos encuadres en diagonal de Carol, la luz expresionista y los primeros planos sobre mi rostro: hay que prescindir de ellos cuando los actores son lo suficientemente buenos. La BBC todavía emite de vez en cuando aquellas viejas escenas. ¿El autor, dijiste? ¿Cuál, el viejo Graham? Nos vimos poco en realidad, ambos siempre estábamos viajando. Nos dio una buena historia, pese a ese esquematismo entre buenos y malos. Hizo muy bien que Rollo, ¿tú?, pareciese siempre un idiota atolondrado y sentimental. ¿Voy bien?

—Por allí hay un kiosco, bajemos de una vez.

Descendemos por la escalerilla, cuyo inicio oculta el pequeño kiosco, para acceder a la cloaca principal, ancha como la mitad del Támesis. Esta se precipita bajo una enorme bóveda, alimentada por confluentes tributarios; esos confluentes caen en forma de cascada desde las plataformas elevadas. El olor del río principal es fétido, irrespirable. En toda esa oscuridad y con el monótono y creciente zumbido de fondo, se oye el agua que cae y que chorrea.

Harry Lime y yo llegamos a sus orillas después de la marea alta. Un desagüe arrastra, con las aguas muertas que lamen el muro, una cantidad de cáscaras de naranja, y varios atados de cigarrillos y otros desechos. Pronto estamos caminando con el agua hasta las rodillas, mientras el zumbido de la invasión se amplifica bajo la bóveda del canal, con el hipnótico movimiento de millones de patas de insectos que rascan al unísono los adoquines de las paredes y avanzan como un color que se desplaza.

—¿Dónde está la bofia? —pregunta Lime—. Se supone que soy un miserable traficante perseguido y acorralado. No deberías ser tú el que me guíe por este Averno. Noto incongruencias, cambios absurdos.

—Debo salvarte para mejorar esta historia, esa es mi misión, el fin que justifica mis días: los detalles no me conciernen.

—¡Oh, qué pretensión desaforada! Mi muerte es ejemplar: el amigo de la infancia que me liquida para que el bien triunfe, el correctivo para la monstruosidad que encarno. Tras la guerra, el inescrupuloso comerciante que se aprovecha de la escasez es el nuevo enemigo. El mundo pertenece a los que ganaron —las emblemáticas cuatro potencias— y no hay más lugar para el horror ni los crápulas contra natura. Salvo que...

Llegamos a un pasadizo estrecho que parece descender todavía más, emponzoñando el agua cuya pestilencia aumenta. Lime vacila antes de seguir y se apoya en mi brazo, duda, resopla.

—Salvo... —prosigue Harry— que alguien justifique cómo llego yo a cometer esos crímenes que la trama me ha deparado: un misterio argumental. El mal es tan inexplicable como el bien y la muerte no hace otra cosa que cerrar el caso. Ya Shakespeare reparó en esa desoladora paradoja: el mal puede ser compatible con facultades excepcionales de la voluntad y el intelecto, y hasta es capaz de concertar con ellas una estrecha alianza. Una inteligencia como la que Greene me ha concedido se supone que debía estar orientada naturalmente hacia el bien. Pero claro, no es así, el mal se apodera de nosotros y nos conduce y nos ensaña con la inocencia. ¿Dijiste que nos ha abandonado el autor?

—A mí, no tengo dudas.

—Siempre es así: pocos vuelven sobre su creación. Cézanne iba a las casas de los que habían comprado sus cuadros y los seguía modificando. Algo que yo hubiera querido hacer con mis películas.

—¡Vamos, ya casi no queda tiempo! ¿Sientes el vacío que se aproxima?

Indiferente, Lime se encoge de hombros y apura el paso. Ante nosotros se abre la unánime negrura del túnel y la pestilencia del agua es insoportable. Detrás nuestro, progresa el invencible zumbido de las equis que se multiplican sin tregua, ganando uno por uno los archivos del disco. El eco de las explosiones de las saetas y los gritos de la multitud que huye se superponen al zumbido y transforman el espacio de la bóveda en una catedral del horror. Para contribuir a ese caos, la máquina que captura mensajes se acciona otra vez:

Hola, en este momento no puedo atenderlo. Después de la señal, deje su nombre y número de teléfono, que a la brevedad le responderé.

¡Rogelio! ¿Qué pasa?... Natalia se cansó de tocar timbre... no puede ser que un lunes a esta

hora... estoy desesperada, ¡el Pecas! Lo pasan a Juez... tuve que llamar al doctor Martínez. Llamé a tu vecino de piso... ahora estamos nerviosos por vos, qué inconsciente... yo...

El sistema se ha desactivado por un daño en el software y la voz de Viv desaparece tragada por las equis del virus. "Yo" ha sido la última palabra registrada y es probable que ya no podamos acceder más a la valiosa información que nos llega del exterior. El silencio del autor confirma su ausencia. Muchas veces, estando presente, dejaba actuar al sistema de captura para luego accionarlo una y otra vez, apreciando el valioso botín. Los insultos, las propuestas eróticas, las amenazas o los misteriosos mensajes del actor que fingía ser Harry Lime eran reproducidos y comentados en voz alta por el autor, antes de su eliminación. Pero sabemos que hoy está y no responde. Ignora que todo aquí está siendo destruido y que la peste avanza sin tregua mientras él yace sobre el teclado salpicado de vómito. Ni siquiera ha tomado la precaución de copiar este texto en un *diskette* o imprimir sobre papel nuestras últimas y decisivas cuarenta páginas, por lo que mis días no quedarán registrados en memoria alguna.

¿Qué es lo que impulsa a un hombre sin esperanza a aferrarse a algunos minutos de vida? ¿Esto proviene de un buen o de un mal instinto? No tengo idea.

Cuando levanto la vista, Harry ya no está. De pronto siento que una parte de mí está desapareciendo y que ya no lograré llegar a Sueños. Una difusa claridad empieza a desdibujar la negrura del túnel, como si cada húmedo y oscuro metro empezara a ser tragado por el virus. Las avenidas de vacío se han abierto paso y las saetas letales perforan las paredes en todas direcciones.

¡Salvar a Harry Lime! ¿Qué significa eso en estos momentos? Mis breves y absurdos días están terminando y es poco lo que entiendo sobre ellos. Estoy yéndome tan misteriosamente como llegué, extraviado en el torrente fétido de un río subterráneo mientras persigo a un habitante de la fama. Desde el abismo de unos metros más adelante, me llega el silbido, la tonada familiar, circular y obsesiva que el autor me ha enseñado. Es Harry que se despide. A tientas encuentro el corredor donde él está. Grito: "¡Harry!" y el silbido se apaga justo sobre mi cabeza.

—¡Harry! —insisto—. ¿A dónde vas? ¡Tenemos que llegar a Sueños!

Se escucha una risa corta, ahogada y unos pasos que se alejan.

—¡Pedazo de imbécil!... —la voz de Harry retumba en la bóveda, enfática y cortante y luego todo desaparece. En la trama origi-

nal es el momento en que debía rematarlo, dis-
parándole de cerca como a un conejo malheri-
do. Ya no hay tiempo para ese detalle porque
mis brazos ya no existen y las brillantes saetas
se extinguen en una blancura opaca. Por otra
parte no tengo un arma —nunca la tuve— y ni
siquiera logro recordar quién fue Harry Lime.

Mi memoria se despedaza.

Mi mem or a s d sp d z .

M m m s   sp z.

Querido Alfredo:

Te sorprenderá la letra, manuscrita y un poco temblorosa por la pérdida de costumbre y la convalecencia, pero he abandonado para siempre ese engendro tecnológico llamado procesador de texto. Digamos que la decisión es mucho más que un gesto de desilusión o de fastidio ante el progreso: es un acto de fe.

Sé que vas a empeñarte en descifrar estos signos buscando la explicación de tanto silencio de mi parte. Viv ya me contó que te preocupaste y hasta amenazaste con venir. También sé que hablaste por teléfono más de lo que un tacaño como vos puede permitírselo. Podría agradecértelo ya, pero eso acabaría demasiado pronto con esta carta, tan postergada y tan difícil de escribir.

Busco un comienzo para el relato de los hechos extraordinarios que acabo de afrontar y la pluma se atasca en el papel. Mi memoria todavía es un pantano, un país impreciso y vasto que a cada momento se va construyendo como un puzzle asombroso.

Estoy otra vez en casa —al menos en la vieja cabaña que la familia de Viv tiene en Ma-

razul— *regresado a partir de una especie de tregua nacida desde la piedad y alentada por —lo digo sin que me pese— un necesario sentido práctico: todavía estoy en ruinas. Te habrán contado cómo me encontraron: con un pie del otro lado y a punto de pasar el otro. Mezclé las bebidas, tomé medicamentos vencidos, me alimenté mal y dormí peor, todo eso y no necesariamente en ese orden.*

Paradojas de la existencia: Boris, el burdo prestamista, y su famoso cerrajero, fueron los que a la postre me salvaron, a instancias de Natalia. El cobrador ofreció su desdentada boca al operativo de hacerme respirar, insufló su aire nicotinoso en mis pulmones y rescató a esta decadente piltrafa del paseo final. Por aquello de que cliente muerto no paga, supongo. Después: internación, lavajes de estómago, suero y toda esa basura que te conectan para que no te vayas.

Cuando desperté, pregunté por el Pecas: ¿dónde está el Pecas, dónde está mi hijo?, dije, hablando raro por la maldita sonda y la garganta seca. La pobre de Viv no se animaba a contarme que estaba detenido por la policía luego de una razia. Al final el médico me lo dijo, con esa calma helada y lenta que suelen usar para informarte que lo que encontraron es maligno o que tu hígado es algo inservible.

Supongo que ahí me quebré, o al menos me sentí en medio de una ridícula crucifixión, entregado al poder galeno, escrutado y monitoreado, tratando de entender el mensaje de las líneas verdes sobre la pequeña pantalla. Por asociación de ideas regresé al texto, al último vago recuerdo de lo que estaba escribiendo antes de la catástrofe. Era la única manera de zafar de esa sala de torturas, del tormento de no poder salir corriendo en busca de aire fresco o intentar hacer algo por el Pecas. Cuando quise regresar a lo que estaba redactando, una especie de algodón húmedo y amorfo se deslizó por mi cerebro. Estaba todo allí, oculto y agazapado pero yo no lograba saber qué era porque ese trapo lo opacaba.

No es necesario que abunde en la clase de angustia que se siente cuando lo que debe recordarse no se recuerda, cuando sabés que allí adentro guardás algo importante y por más que te esforzás no lográs regresarlo a la superficie. Esto es por unos días, pensé. Es lógico que me pase, estuve sin conocimiento, me encontraron sucio de vómito y con la cabeza caída sobre el teclado de la computadora.

Fueron cinco días interminables los que estuve allí, regularizando mi metabolismo y eliminando los estigmas del exceso. A cada minuto me hundía en un sopor de imágenes inconexas de mi vida, que se mezclaban con episodios fútiles que podía evocar con minucioso detalle: la cara de una niña que vi reflejada en un espejo de la tienda Caubarrere o el débil crujir de la madera de un viejo muelle sobre un río. Cosas así: banales, anodinas, guardadas en la memoria para nada.

Finalmente me dieron el alta. Me reencontré con el Pecas, al que le tocó un juez benévolo y un abogado que simpatiza con los jóvenes sin empleo. Junto con Natalia, me convencieron de que no podía seguir viviendo solo. En cuanto a Viv, sabés de sobra que le atrae lidiar con monstruos. No hablemos de cosas definitivas, pero por ahora estamos juntos. La idea de venir a Marazul es de ellos, yo no estoy en condiciones de imponerles nada.

Antes de viajar hasta aquí pasé por el departamento a buscar algo de ropa. La cerradura estaba reparada y Viv había hecho limpiar todo por una mujer que contrató. Cuando entré sentí miedo y el olor que había me pareció inquietante: una mezcla de opio, licor barato, café frío, tabaco ruso y mugre. Por más limpieza que hagas, eso no desaparece fácilmente, es cómo una dimensión que se construye con otras leyes y otra secuencia temporal.

Recorrí los ambientes buscando un signo familiar, un detalle que uniera todo. Sabía que había vendido muebles, algún cuadro, dos o tres objetos decorativos. Faltaban unas estatuillas africanas que compré en Tristán Narvaja y un molinillo de café. Pensé que Boris bien pudo cobrarme la reanimación en el momento, pero eso ya no importaba. También temí encontrar en la bañera un cadáver descuartizado y tuve la convicción absoluta de que esa idea no era para nada disparatada.

Finalmente llegué al escritorio: el lugar, como le llamo. La biblioteca estaba vacía, pero de inmediato recordé que los libros estaban en un depósito como garantía de no sé qué cosa. ¿Mil quinientos, tres mil? Sé que son muchos. Me senté frente a la computadora y olí el teclado. Lo habían limpiado, pero el olor a vómito persistía. Seguro que estaba inutilizado. Igual, encendí la máquina infernal.

No voy a seguir abundando en detalles. Por supuesto que recordé en qué estaba antes de perder el sentido: los algodones se disiparon a poco que regresé a mi guarida. La foto del viejo Graham estaba todavía pegada sobre un anaquel vacío. Su mirada de asombro y el impermeable claro fueron como un saludo, un recibimiento: ¡pedazo de imbécil!, parecía decirme desde el otro lado. En un rincón, desarticulada y amarillenta, la edición de M.C. de El tercer hombre, *el único libro que había conservado, mi guía para la perdición.*

Sabrás que tus conocidos de Leeds fueron eficaces y prestos en la protección de la memoria del maestro. Un disco dorado que contenía la Enciclopedia Británica, *más el acervo documental completo sobre la vasta geografía de Greeneland: datos, referencias, reproducción de las tapas de las primeras ediciones y hasta las secuencias finales del film de Carol Reed, me llegó por correo expreso, acompañado de una amistosa nota firmada por tu amiga. Pero allí adentro había, además,* un mecanismo de aniquilación, un virus informático envuelto en la seductora apariencia de un juguete interactivo.

Nada existe ya del proyecto que tanto discutimos. Los capítulos impresos los había arrojado al fuego una noche depresiva. El diskette de respaldo que casi nunca me acordaba de usar, también se infectó. Consulté a un técnico y el diagnóstico fue concluyente: meses de trabajo perdidos sin posibilidad alguna de ser recuperados.

Ni siquiera los mensajes que me enviaba a mí mismo, simulando ser Harry Lime, en un pequeño juego esquizofrénico y autorreferente, se salvaron. Tal vez así sea mejor, porque andar en los zapatos de otro no siempre resulta. O quizá me calzaron con demasiada facilidad. Pero lo cierto es que el juego de las máscaras terminó. No sé por dónde andará Alfredo Wallace, el malogrado sustituto. ¿O era Malloy su nombre?

Otra vez, me disculpo por la letra, que ya irás entendiendo. Estuve a punto de deshacerme de El tercer hombre. Esa vieja edición tan anotada y revisada todavía me llama a que la indague. Dicen que en Inglaterra hay una categoría especial de locos: aquellos que perdieron la razón de tanto pensar en el misterio de Shakespeare. Lo mío apunta a ser más módico: tan solo un corto relato concebido para guionar una película, un tema menor en la obra de otro inglés genial. Lo que presuntuosamente confundí con acto de amor o de mueca iconoclasta, fue apenas un poco de barata tilinguería. Pero aún sigo obsesionado con rescatar a Lime, en darle la oportunidad de escapar, de desbaratar esa acusación tan grosera que le endilgan. Solo que ahora sé que el argumento, los personajes y la trama de Greene son un pretexto. Por debajo se abre un abismo, una extensión subterránea y sin límites que es necesario que explore. Espero que el autor de mis días me ayude a recomenzar.

Por hoy ya ha sido demasiado para este convaleciente. Estoy cansado y creo que la pluma se está quedando sin tinta. Mientras tanto, ya empiezo a aguardar tu respuesta, otra vez ensobrada y espero, manuscrita.

Hasta pronto, amigo, y cuida bien tus ovejas.

Rogelio

Se terminó de imprimir en el mes de junio de 2000
en Central de Impresiones Ltda.
Democracia 2226 - C.P. 11800 - Telefax: 203 19 72*
e-mail: consultas@imprenta.com.uy
www.imprenta.com.uy
Montevideo - Uruguay
Edición amparada por el Decreto de Ley Nº 218/96
Comisión de Papel - Depósito Legal Nº 318532/2000